RYU NOVELS

鉄血戦線

ウォッチタワー作戦開始！

林　譲治

この作品はフィクションであり、
実在の人物・国家・団体とは一切関係ありません。

鉄血戦線／目次

仏印
フィリピン
マリアナ諸島
トラック諸島
ボルネオ島
シンガポール
セレベス島
蘭印
ジャワ島
チモール島
クーパン
ダーウィン
ウエワク
ニューギニア島
ラバウル
ソロモン諸島
ラエ
ブナ
磐手市
(ポートモレスビー)
ガダルカナル島
エスピリトゥサント島
珊瑚海
クックタウン
ケアンズ
タウンズビル
オーストラリア
ブリスベーン
パース
シドニー

プロローグ

一九四二年五月。

空母レキシントンは僚艦である空母サラトガとともに夜間、珊瑚海を航行していた。空母二隻のほかに、巡洋艦や駆逐艦が一〇隻あまりで周辺を警護している。

作戦を指揮するフレッチャー長官は、仮眠をとる時間でも眠ることができず、旗艦である空母レキシントンの飛行甲板に出る。

飛行甲板の上では、戦闘機や攻撃機が出撃に備えて発艦準備をしていた。

作業中の将兵たちは、フレッチャー長官を認めると作業の手をとめて敬礼するが、フレッチャーはそのまま作業を続けるよう身振りで促す。

これから合衆国の命運を左右しかねない重大な作戦を実行するのだ。ならば、部下たちには作業にこそ専念してもらわねばならない。

飛行甲板を歩きながら、彼はどうして自分がここに来ようと考えたのかわかった。

それは、自分が安心したかったからだ。飛行甲板で作業をしている将兵は、まだ夜明け前というのに、ランタン一つで整備や点検にあたっている。

そう、部隊の士気は高い。この士気の高い将兵ならばこそ、作戦の成功が期待できる。彼はそれを、ここで確認したかったのだ。

「こちらにいらしたのですか、長官」

話しかけてきたのは、参謀長のオコネル中佐だった。

「君も眠れないのか」

フレッチャーはオコネルに歩み寄る。オコネル参謀長とフレッチャーは、さほど親しい間柄ではない。というより、この作戦のために赴任してきた新任の参謀長が彼だ。

航空戦に詳しいということで、参謀長として送られてきた。ただ、フレッチャーとは異なり、基地航空隊などでキャリアを積んできたこともあり、極端な話、フレッチャーはオコネルの存在さえ知らなかった。

だからこそ、フレッチャーは自身の参謀長と密なコミュニケーションを維持しようとした。

作戦になればもっとも信頼すべき人材が参謀長であるから、自分は誰よりも彼について知らねばならない。何もわからないやつと、ともに戦えないのである。

「長官も？」

「大きな作戦だからな」

この作戦で太平洋戦域の戦局は大きく変わるだろう。作戦の成功により、南方の資源地帯も日本軍から奪還できる。

「我が航空隊が心配なのですか、長官」

オコネル参謀長は航空畑の人間だから、それが気になるらしい。

「いや、我が航空隊の実力を疑うものはいない。空母搭乗員として必要なカリキュラムをすべて終了した精鋭揃いだ」

フレッチャー長官は、その点には自信を持っていた。日本軍空母部隊による真珠湾攻撃で、米太平洋艦隊は壊滅的な打撃を被《こうむ》ったが、幸いにも空母部隊だけは無傷だった。

　これは米太平洋艦隊に二つのことを教えた。一つは、戦艦はすでに空母の敵ではないこと。二つ目は、空母部隊が無傷であれば米太平洋艦隊は日本軍とまだ戦えるということだ。

　ただ、問題は空母航空隊の練度だった。海軍予算の問題もあり、空母搭乗員は真珠湾攻撃まで定員を割っているのが現実だった。

　そして、海軍戦力は増強されたが、軍艦を増やせばそれを運用するために万単位の人材を育成しなければならない。

　海軍に志願する人間は艦艇部隊をイメージし、航空機はあまり考えない。だから志願者も少ない。適性というものもある。

　絶対数が少ない状況で、練度の高い人員を定数揃えることは容易ではない。

　日米開戦以降は航空隊への志願者も急増したが、今度はそれを一人前に育てる準備が整っていない。教える側の人間の数が、まず十分ではないのだ。

　そうしたなかで、既存の空母の航空隊の定数を満たし、しかるべき技量を身につけさせることは言うほど容易ではない。その容易ではないことを実現したのが、空母レキシントンとサラトガの搭乗員たちなのだ。

　いわば米海軍航空隊の精鋭であり、彼らにできないならば、誰がやってもできないだろう。

　ただし、フレッチャー長官にとって、それは別の意味での負担でもあった。

精鋭揃いということは、それなりに指揮官の責任を伴うし、作戦に失敗すれば無能の烙印《らくいん》を押されてしまう。成功して当然という状況は、言い換えれば失敗は許されないわけだ。

「君は何を心配してるのだ、オコネル？　無敵の空母に乗っていながら」

フレッチャーは努めて親しげに問いかける。

「輸送隊です」

「輸送隊か」

今回の作戦は、敵の軍港であり一大航空拠点である磐手《いわて》市に上陸し、占領することである。

そのため、戦車を含む装備を施された総兵力一万以上の海兵隊が別途、船団を組んで向かっている。兵力一万以上ということは、輸送船の規模は貨物船だけで二〇隻にはなる。

護衛戦力を含めれば三〇隻の規模だ。ただ、これらの船団には戦艦も空母も含まれていない。

戦艦部隊は現在、再編中であり、サルベージも進んでいるが、すぐ作戦に投入できる段階にはない。

なによりも時間が優先される作戦だけに、低速の戦艦ではそれが作戦の足を引っ張ることになる。高速の空母ならそれはないが、あいにくと船団の護衛にまわせるだけの余裕が空母部隊にはない。

日本海軍潜水艦が西海岸で活動していることも、空母の運用を難しくしていた。国民世論として、空母は本国防衛に用いるべきというわけだ。

したがって、輸送船団は巡洋艦や駆逐艦が防空に責任を持ち、空母部隊は直接の航空支援はしない。

その代わり何をするかといえば、磐手市の航空基地を奇襲攻撃して殲滅《せんめつ》する。そうすれば、作戦の制空権は自分たちの空母部隊で確保できる。

上陸部隊はレキシントンとサラトガの制空権下で上陸を行うことになるだろう。

シナリオは、かくのごとく明快だ。しかし、オコネルは不安であるらしい。

「敵も馬鹿ではありません。こちらが大規模な作戦を立案していることは予想しているでしょう。

じじつ、哨戒機の活動は活発化しています。まだ発見されていませんが、発見された場合、我々はそれを無視するかどうか、難しい判断を迫られます」

「発見された場合か。状況によっては、ラバウルを奇襲するという手もある」

フレッチャー長官の言葉に参謀長は目を見開いた。

「ラバウルを……奇襲ですか……」

「もちろん陽動作戦だ。空母によるラバウルへの通り魔的なゲリラ戦は、過去に空母ヨークタウンが成功させている。船団が発見されたら、すぐにラバウルを攻撃すれば、敵はこちらの攻撃目標がラバウルと考えるだろう。

ようするに船団が発見されたとしても、それが日没まで無事であるなら、この作戦は成功だ。夜明けとともに磐手市には海兵隊が殺到することになる。

「一つ気になるのですが」

「なんだね、オコネル」

「第一次攻撃で砲台を潰しておくかどうかです。兵力には余裕があります。ならば脅威は早めに叩くべきでは？」

磐手市は良港に恵まれていた。港の適地が二つ並んでおり、磐手港とその東に広瀬港がある。磐手港が軍港で、広瀬港が一般商船の港である。

磐手港は良港であるだけでなく、背後に東島と西島という細長い島がある。この両方の島に日本海軍は、軽巡洋艦の砲塔であった三連装一五センチ砲を据え付けていた。

東島と西島、それぞれ二門の砲塔があり、これが島の砲台だ。

地盤はサンゴ礁で、日本が国際関係を重視していた頃は磐手市そのものが、ほぼ非武装都市だった。条約破棄と英米との関係悪化の結果、日本は磐手市の要塞化に着手し、砲台もその時に完成した。

近年になって完成したとはいえ、要塞化を進めるための基礎工事などは、すでに行われており、その時は地下倉庫という名目だった。

船舶からの食料品を冷凍保存する施設。だから、いざ戦争となっても一年、二年は籠城できるだけの備蓄があり、さらに島に独立した発電機などが整備されても問題はない。

砲塔四基の砲台群は一年足らずで完成した。上陸部隊にとっては、確かに厄介きわまりない存在だ。

「いや、制空権の確保が重要だ。敵の航空基地を確実に叩いて使用不能とする。作戦目的を達したのであれば、余った爆弾は捨てていい。その下に砲台があるなら、それでもいいがね」

「あくまでも制空権確保ですか？」

「砲台については巡洋艦部隊から、自分たちが始末したいという要望が来ている。それも無下にはできまい。

　砲台が艦隊の火力で撃破されるのを目の当たりにすれば、磐手の日本軍の士気を下げることにもつながるだろう」

「なるほど」

　オコネル参謀長は納得したらしい。そして、彼はさらに問いかける。

「磐手市を占領したら、どうなります？」

「細かいことはわからんが、オーストラリア政府に返還するらしい。彼らの言い分では、オーストラリアのものだったのをドイツが奪い、それを日本が奪ったという話だからな」

「市名も変えるんでしょうか」

「奪還したら、磐手市は元の名前にするそうだ。ポートモレスビーとね」

第1章　輸送船団

1

連合国軍の磐手市攻略部隊は、上陸に関わる海兵隊員だけでも総兵力一万人余り。船舶も、輸送にあたる貨物船二〇隻に護衛戦力も巡洋艦四隻、駆逐艦六隻を有していた。

巡洋艦は作戦目的が「ポートモレスビー（磐手市）奪還」であるため、旗艦はオーストラリア海軍の重巡洋艦オーストラリア。オーストラリア海軍からは、同じく重巡キャンベラが参戦している。ほかの二隻は、米海軍艦艇の重巡シカゴと重巡クインシーである。

旗艦オーストラリアに将旗を掲げているのは、リッチモンド・ターナー少将である。

一方の上陸部隊である海兵隊の指揮官はバンデクリフト少将であった。彼は部隊を輸送する貨客船ボイシに将旗を掲げていた。

ボイシは商船であるが、二〇ノット以上出せる快速船であった。若干の対空火器も装備している。二〇隻の輸送船舶で武装しているのはボイシだけだった。

これら総計三〇隻が輸送船団であり、上陸部隊なのであった。ただし、この船団に空母は伴われていなかった。

「上陸部隊はアルファ、ブラボー、チャーリー、デルタの四隊に分かれる」

客船ボイシの食堂は作戦室として使われ、多くの幕僚が詰めていた。テーブルの上には磐手市の巨大な複製が置かれ、部隊を意味する船舶模型が並べられていた。

それらを前に作戦幕僚が上陸作戦の内容を再度、説明していた。

米太平洋艦隊にとってははじめての大規模な上陸作戦であり、作戦の大枠は変わらないとしても、細目は何度となく変更された。その理由の一つには、磐手市のスパイ網の働きがあるらしい。

バンデクリフト少将を含め、具体的にスパイ網がどんなものかは知らされていない。上陸部隊は「どんな情報」であるかを知るべきだが、「誰からの情報」かは知るべきではないということだ。

それはスパイ組織かもしれないが、たった一人の人間かもしれず、磐手市に残るドイツ人やイタリア人かもしれない。あるいは現地人かもしれず、極端な話、日本人の可能性だってある。

いずれにせよ、そこからの最新情報で作戦は微調整されるのである。

「まず、アルファ部隊とブラボー部隊が広瀬港に上陸する。さらに、艦艇部隊により無力化された西島と東島へは、西島にチャーリー部隊が、東島にデルタ部隊が上陸占領する。

砲台のある西島、東島に野砲陣地を展開し、海と陸から軍港である磐手港を攻略する。作戦の骨子は以上です」

作戦参謀にバンデクリフト少将が確認する。

「磐手港に在泊中の艦艇はどうなっている？」

「今朝の状況では、重巡鳥海をはじめとする有力艦艇はラバウル方面に移動しているとのことです」

「有力艦艇が全部出払っているのか……ラバウルに向けて？」

それについて手を上げたのは情報参謀だった。バンデクリフト少将は彼に発言を促した。

「現地からの情報によりますと、日本軍はなにがしかの攻勢を計画しているとのことです。そのため磐手市からも部隊を移動する必要があったようです」

「ラバウルに集結しての攻勢とはなんだ？」

バンデクリフト少将ならずともそれは無視できない情報であったが、情報参謀はそこまではわからないと答えた。米太平洋艦隊司令部でも、その攻勢についてはつかんでいないという。

「はっきり申しまして、この情報は磐手市からしか入ってきません。現地の情報源が正確な情報を入手できない可能性はあります。ですが、軍港に有力艦艇がいるかいないかの判断くらいはつくでしょう」

情報参謀の発言はおおむね肯定された。ラバウルの話にしても、将来的には大問題だが、この上陸作戦ではさほど重要ではない。

それに磐手市を奪還すれば、ラバウルで進んでいるらしい攻勢計画が仮に本物であったとしても、中止を余儀なくされるのは間違いあるまい。

「わかった、ご苦労。磐手港に有力軍艦が在泊していないのなら、西島と東島の攻撃は容易だろう」

「司令官、やはり空母部隊は砲台を攻撃しないのでしょうか」

それは海兵隊の幹部からの質問だった。

「空母航空隊は、徹底して磐手の飛行場を攻撃する。磐手市には三本の滑走路があり、いずれも爆撃機の運用が可能だ。

したがって、艦船部隊の安全を確保するためにも敵航空隊を撃破し、空母部隊により制空権を掌握する必要がある。

制空権さえ掌握できたら、水上艦艇部隊により砲台は無力化できる。航空基地と砲台を破壊すれば、磐手市は丸裸だ」

海兵隊員はその返答に満足したようだったが、当のバンデクリフト司令官の胸中は複雑だ。

なぜなら、砲台を空母部隊で破壊するように要請していたのは、ほかならぬ彼なのだ。そしてそれは却下された。理由は、彼がいま述べた内容だった。

制空権を掌握してからの砲台爆撃はあり得るという言質《げんち》をとっていたが、問題の本質はそこではない。

広瀬港攻略に向かう部隊と砲台攻略に向かう部隊の占領の時間差がどれだけあるのか、それにより流される血液の量はまるで違う。

日本軍との激戦の中で一日でも砲台が生きていれば、部隊の前進は阻まれる。そして、その間にニューギニアの別の基地から航空支援がなされたら、作戦の進行は致命的なまでに遅れるだろう。

短期間に磐手市を占領し、その航空基地を奪うことで、オーストラリア本土の安全確保と、日本軍に奪われた南方の資源地帯を奪還する足場を確保する。磐手市を手に入れれば、ニューギニアを手に入れることができる。

そうなれば、日本に対して本格的な攻勢をかけられる。この作戦はそれだけ重要な作戦だ。

ただバンデクリフト司令官の意見は、ターナー少将の「重巡四隻で砲台を沈黙させられる」という発言と、フレッチャー長官の「航空戦力に余裕がない」との意見から受け入れられなかったのだ。

懸念はそれだけではなかった。船団の制空権をどうするのか、それもまた曖昧《あいまい》だった。

一応、空母部隊が航空脅威を排除してくれることになっている。しかし、直掩機の数はやはり少ない。

戦闘機の航続力と、移動・直掩・帰還にあたるそれぞれの戦闘機がなければ、常時、直掩機を飛ばすことは難しい。

フレッチャー長官は、明らかに輸送船団への直掩機の維持には消極的だった。パイロットに必要以上の負担をかけるというのが理由である。

それは、バンデクリフト司令官にも理解できる。ただ守られる側としては、簡単には妥協できない。

これでオーストラリア海軍に軽空母の一隻でもあれば、話はずいぶんと変わるのだが、そんなものはない。

妥協の産物は、船団上空を飛行艇が警戒にあたるというものだった。早期警戒でいち早く敵航空隊を発見できるなら、空母の支援もやりやすいというわけだ。

じっさい、カタリナ飛行艇は交代で常時飛んでいる。それだけでも大きな進歩だろうが、友軍が制空権を確保するまで、空は脅威たり得ているのだ。

「明日は本番だ！　各員、最善を尽くしてもらいたい！　磐手の日本軍を海に叩き出すのだ！」

バンデクリフトの言葉に海兵隊員たちは歓声をあげた。

2

一八八四年一一月三日、ドイツニューギニア会社は、ニューギニアの南半分を植民地化したことを宣言し、ドイツ領アルベルト・ハーフェンを建設する。

その港湾都市は、オーストラリア国民の一部がイギリスの支援を受け、ポートモレスビーとして自分たちのものにしようと試みるも、ドイツニューギニア会社の軍隊により撃退されてしまう。それは会社の私兵などではなく、れっきとした正規軍であった。

ドイツの意図は、アルベルト・ハーフェンを建設し、イギリスとオーストラリア・ニュージーランドの海上輸送路を脅かせる艦隊を配備することで、イギリス海軍の戦力を分散させ、大西洋戦域でのイギリスの海軍力を低下させることにあった。

この点でドイツは有利だった。

自分たちは巡洋艦を配備するだけでいい。巡洋艦を圧倒するため、イギリス海軍はこの方面に戦艦を配備する必要がある。それがイギリスの負担になる。

　言い換えるなら、ドイツは必ずしも艦隊戦力で勝つ必要はないが、イギリスは勝たねばならなかった。

　ドイツの意図は明らかだった。ゆえにオーストラリアはアルベルト・ハーフェンを執拗《しつよう》に攻撃し、武力衝突も起きていた。

　ドイツから「返還」させるため、オーストラリアだけがアルベルト・ハーフェンをポートモレスビーと呼称する時代も続いたが、そこがドイツ領であることは揺らがなかった。

　そして、第一次世界大戦が勃発する。

　皮肉なことにドイツ海軍は、アルベルト・ハーフェンに配備されていた巡洋艦や配備されたばかりの巡洋戦艦をヨーロッパに戻さねばならなかった（ちなみにニューギニアから北海までのドイツ艦隊の脱出は、のちに小説化され、何度か映画化もされる）。

　そうした状況で、ドイツ海軍は太平洋戦域での通商破壊戦に活路を見出そうとする。そのなかでもっとも有名なのは、ドイツ海軍の軽巡洋艦エムデンだった。

　エムデンは連合国海軍、特にイギリス海軍を確かに翻弄《ほんろう》した。そのため、イギリスの同盟国である日本もまた軽巡洋艦エムデンを追った。

　軽巡洋艦エムデンがアルベルト・ハーフェンを拠点にするという情報を得た日本海軍装甲巡洋艦磐手は、アルベルト・ハーフェンへと急ぐ。

　ただ、第一次世界大戦そのものが偶発的に起きた事件であったため、参戦国のすべてが準備不足であった。

そのなかでアルベルト・ハーフェンは、本国から離れているという条件と、平時でも小規模な軍事衝突が続いていたために都市は要塞化され、一年や二年は籠城できる備蓄が用意されていた。

さらに、アメリカが中立国の間は細々と貿易を行い、不足分を補うことさえ行われていた。

当時のオーストラリア海軍にアルベルト・ハーフェンを封鎖する実力はなく、それが可能なイギリスにしても、貴重な艦隊戦力をニューギニアの小都市を海上封鎖するために派遣する余力はなかった。

世界大戦という文脈では、孤立した要塞を攻略するよりも、そこの艦隊が移動したことで、アルベルト・ハーフェン攻略の優先順位は下がっていたのだ。

イギリスやオーストラリアからすれば、戦勝国となればアルベルト・ハーフェンの「返還」は、政治的に可能という判断だった。

そうしたなかでの軽巡洋艦エムデンの活躍であり、巡洋艦エムデンと連合国の一員であった日本海軍の装甲巡洋艦磐手の追撃戦が起こる。

速力ではエムデンが勝っているはずだったが、長期の作戦活動のため速力は互角だった。

激戦のなか、エムデンはアルベルト・ハーフェンの手前で座礁する。砲台からの援護射撃のもと、エムデンはなおも磐手と砲撃戦を続けた。

最終的に磐手がエムデンを撃沈するが、磐手も航行不能となった。それでも陸上砲台との激戦を続け、砲台の火薬庫に直撃弾を浴びせたことから磐手の陸戦隊が砲台を占領する。

日本海軍の増援部隊が到着するまで砲台は確保され、アルベルト・ハーフェンは日本海軍陸戦隊により占領される。この時、日本海軍陸戦隊の死傷率は三〇パーセントを超えていたと記録されている。

アルベルト・ハーフェンの司令官であるエルンスト・バイムラー少将は、日本海軍陸戦隊に投降した。

バイムラー司令官が投降した理由は、白兵戦による犠牲があまりにも大きく、外部からの医療支援なしでは負傷者の治療ができなかったためとも、戦略的価値のないニューギニアで戦死することが無駄と考えたからとも言われる。

彼が投降した理由は、それだけではない。オーストラリア軍に投降すれば、アルベルト・ハーフェンは間違いなくオーストラリアに「奪われる」だろう。

しかし、領土的な利害関係のない日本ならば、占領されても戦後にドイツに「返還される」と判断したためであった。

だが、日本は同時期にドイツの青島要塞を攻略していた。戦争が終わると日本は占領した山東半島の権益を主張し、イギリスもこれを認めた。

そうなると、日本が占領したアルベルト・ハーフェンもまた、日本の権益が認められることとなる。ベルサイユ条約でドイツが植民地をすべて手放したためである。

こうして戦後、ドイツ領アルベルト・ハーフェンは日本の管理下に置かれることとなり、激闘した軍艦の名前を取って磐手市と呼ばれることになる。

一般商港は艦長の名前から広瀬港と命名された。ちなみに市の中央を通る道路は、投降を決断したバイムラー司令官に敬意を表して、バイムラー通りと呼ばれている。

しかし、これまでの経緯もあり、いかに日本人の血が流されたとはいえ、アルベルト・ハーフェンを完全に日本のものとすることには、イギリスとオーストラリアが強く反発した。

アメリカも日本の対外進出を警戒したため、その仲介によりシドニー条約が締結される。

この時期の日本は協調路線であったことと、ニューギニアそのものにはさほど価値を見いださなかったため、妥協の余地はあった。

ただ、巡洋艦磐手の激闘は「忠節」とか「軍人の本分」などの教材として教科書にも使われるほどで、この都市を手放すという選択肢は国民世論が許さなかった。

そこで、日本には磐手とその周辺地域の管理（領有ではない）を認めさせる代わりに、ドイツが領有していたニューギニア島北部はオーストラリアの領土となる。

すでに南半分はオーストラリアの領土なので、ニューギニア島はオーストラリア領に飛び地として日本の都市が建設される形となった。

さらに磐手市については、一週間以内の一時寄港以外に軍艦の滞在を認めず、警察力以外は非武装都市とすることも決められた。

世界的な軍縮期であり、日本にしても磐手市を軍港にするほうが、よほど財政負担が増える。だから第一次世界大戦後という環境では、シドニー条約を日本が拒否する理由はなかった。

ところが、時代が一九三〇年代に入り、海軍を中心に南進論が強まると、磐手市への見方も変わってきた。

日本海軍は、磐手市からチモール島や蘭印の資源地帯へのアクセスを重視していた。そのため非武装という制約のなかで、磐手市には有事の際に軍艦を維持管理できるだけのインフラ整備が行われた。

シドニー条約締結時の関係者にとって最大の誤算は、条約の枕ことば的な「相互親善云々」という文言が意味を持ったことだ。

日本と蘭印貿易の中継点としての発展と、ニューギニア島の農園開発への投資などで、磐手市は予想外の外貨を稼ぐことに成功していた。

また、オーストラリアにも日本に融和的な意見もあり、ラエ、ウエワクといった都市建設への日本の参加も受け入れられてきた。

それは南進策という文脈のなかで、近代化を進める磐手市への対抗策という意味もあった。磐手市が非武装なのに対して、ラエ、ウエワクは軍事施設が建設されていた。

こうした状況で国際環境が悪化してくると、非武装都市磐手も変貌を遂げ始める。

まず郊外に都市部が拡張された。シドニー条約の締結時には、ジャングルの開墾には多大な労力が必要であるため、日本は都市を維持できても発展させられないだろうという憶測があった。

だから港の領域についての規定はあったが、内陸に向かってジャングルを開墾し、磐手市を拡張することに関する制約は何もなかった。

そのため磐手市は郊外のジャングルを開墾し、膨大な土地を確保した。それは宅地になり、畑になると説明されたが、倉庫が作られるだけで住宅はほとんど着工されない。

「ジャングルの軟弱地盤を改良するのに時間がかかる」

それが磐手市の説明で、じっさい履帯式トラクターも多数導入されていた。この宅地が、のちに三本の軍用滑走路になることを知るのは磐手市でもごく一部の人間だけだった。

キノコ栽培のためのトンネルも掘られたが、キノコそのものは一部でしか栽培されていない。それらは地下要塞などに拡張されることになる。

一番変わったのは警察だった。

「治安の悪化に備える」

こうした理由で、警察官の武装は拳銃だけでなく、トンプソンのサブマシンガンも数多く支給され、訓練も行われる。日本製の機関短銃の試験も行われた。

さらにパトロールのため、イタリアからCV33豆戦車が四両輸入されて任務についていた。日本の九四式軽装甲車でないのは、陸軍ではなく警察車両であることを示すためだ。

こうして磐手市警察は、警察としては軍隊並みの火力と機動力を持つ組織になっていた。

また、警察には哨戒艇二隻と飛行艇二機もあり、救難活動にあたっていたが、哨戒艇は大砲と魚雷発射管がない以外は鴻《おおとり》型水雷艇に酷似していた。

市の幹部職員は、市の倉庫に砲塔が用意されていることを知っていた。

日米関係が悪化した昭和一五年末には、磐手市は公然と都市の武装化に着手する。

西島と東島で砲台建設が開始され、哨戒艇は水雷艇へと姿を変える。住宅地は航空基地へと再度の工事が行われる。

そして開戦直前には、ほぼ要塞化を完了した。

磐手市の要塞化をオーストラリアやイギリスは、英米との交渉で圧力を加えるための日本のパフォーマンスと解釈していた。磐手市の武装化そのものは、オーストラリアへの直接の脅威にはならないと考えられていたためだ。

じじつ滑走路ができたところで、航空隊は進出しておらず、軍港はあっても武装した哨戒艇が二隻しかないからだ。

しかし、昭和一六年一二月八日がそれを変えた。

どこからともなく総計四〇機の航空機が滑走路に着陸し、貨物船を伴った重巡洋艦鳥海や駆逐艦部隊が磐手港に入港する。

そして、第一段作戦において蘭印攻略の中核基地的な役割を果たすことになる。

開戦を睨《にら》んで、日本海軍は密かに二つの艦隊を編成していた。一つは磐手市を拠点とする井上成美中将の第四艦隊。これに遅れて、ラバウルに拠点を置く三川軍一中将の第八艦隊である。

ただこの時、磐手市の第四艦隊司令部は、敵部隊の活動をまだ把握していなかった。

3

連合国が上陸しようとする一日前の早朝。

磐手市に建設された滑走路三本は、西から順番に一、二、三と番号で呼称された。いずれも同じ大きさで、陸攻隊を運用できる条件を備えている。

それは米豪遮断作戦の際の一大拠点とするためであったが、一つ問題があった。戦域の拡大に伴う航空機材の不足である。

井上成美司令長官はそうしたなかで、陸攻隊の到着を待っていた。

一二月八日の開戦と同時に、空母鳳翔や龍驤の軽空母から艦載機が移動して航空基地となったところまでは上出来だったと、井上も思う。

しかし、それ以上の増援となるとなかなか行われなかった。貨物船で分解された機体が届いて、それを組み立てるような形が多い。

しかも、増援されるのは零戦もあるが、九六式艦戦も少なくない。

さすがに水上偵察機を除けば複葉機は送られてこないが、最新鋭の飛行機はなかなかニューギニア方面まで送られてこなかった。

現時点で磐手市にある陸攻は、一式陸攻九機のみだ。この陸攻はラバウルではなく、チモール島のクーパン経由でやってきた。

磐手市とラバウルの距離は約八〇〇キロ、それに対してクーパンまでは約二六〇〇キロある。三倍以上の遠距離だ。

それでもクーパン経由なのは、日本軍が占領した南方の資源地帯の航空基地経由で移動している。からだ。仏印、マレー半島、クーパン、磐手市というルートである。

井上は中央に、磐手市に七二機の陸攻部隊の展開を要請したが、それはなかなか受け入れてもらえない。ラバウルにも陸攻は必要だからだ。

結局、井上に対する中央の回答は九六式陸攻一八機の追加配備だった。

これで陸攻は二七機になる。一式ではなく九六式なのはまだ我慢できるとしても、井上の求めている数の三分の一しかない。

もっともこの問題に関しては、井上も複雑な思いを抱いていた。

かつて彼は海軍の空軍化を唱えていた。そのことから元航空本部長であった彼の、強力な航空基地を持つ磐手基地の司令長官就任を祝福してくれた人間もいた。

しかし井上長官にしてみれば、それはまったくわかっていない解釈だ。

井上の言う海軍の空軍化とは、日本がアメリカ艦隊などに侵攻された場合の防衛戦略としての海軍のあり方だ。日本本土の多数の航空基地から敵艦隊を攻撃するという趣旨であり、あくまでも総力戦時代の国土防衛である。

それゆえに井上は、英米との戦争の可能性を高めるような三国同盟には反対してきた。海軍の中には、南進により資源を確保して英米と対峙するという論者も少なくないからだ。

それは否応なく長期戦になるわけだが、井上の戦略は戦争を短期決戦で終わらせ、総力戦を回避するところにあった。

そして、戦争は井上が考えていたものとは正反対の方向に動き出す。

日本がいま行っているのは、本土防衛の戦争ではなく、その反対である外征だ。

日本の国力は、資源さえあれば富強になるものではない。生産施設やそれを動かせるだけの教育を受けた国民がいなければならない。産業社会を維持できる人材こそが軍事力の基盤であるから、兵力の根こそぎ動員など不可能だ。

だが外線作戦は実行されて、今日に至る。

いまのところ、日華事変で戦争資源を蓄えた日本が優勢に戦局を進めている。しかし、アメリカの生産力が本格的な戦時体制に移行すれば、日本はそれに太刀打ちできない。

だからこそ短期決戦で勝敗をつけねば、戦闘に勝って戦争に負けることになりかねない。なにより戦争に勝ったものの、残されたのが廃兵と国土の荒廃という事態は避けねばならないのだ。

しかし、状況は井上の危惧した方向に動いているように見える。旧型の九六式陸攻がやってくるというのは、つまりそういうことではないのか？

井上には、そう思えてならなかった。

「長官、現れました！」

見張所の将校が電話で報告する。磐手市の郊外には丘陵が迫っており、見張所はそこに設置されていた。高角砲陣地も併設されている。

また一二センチ砲台が四基建設され、海岸から上陸するかもしれない敵から磐手市を守るようになっていた。

西島と東島の砲台は強力であり、ドイツ軍も建設していたため内外に知られているが、この四基の一二センチ砲台は開戦直前に設置されたこともあり、ほとんど知られていない。

井上は乗用車の脇に立って、陸攻の来る方向に目を向ける。そこには接近する陸攻の姿があった。

朝も早いこの時間に着陸するということは、クーパンを出発したのは夜である。陸攻は旧式だが、搭乗員たちはなんなく夜間飛行を成功させたということだ。

そう、彼らの練度は高い。井上がこの戦争について国力の差を考えつつも、なお絶望感に陥らないのは、こうした将兵の練度の高さにある。

国のために、短期間で戦争を終わらせる。それは容易なことではないかもしれない。

しかし、戦略を間違えず、兵力を効率的に活用するならば、日本を救う道はそこにある。その鍵をこの練度の高い将兵たちが握っているのだ。

「一八機、すべて着陸しました！」

発着機部からの報告に井上は言う。

「彼らなら当然だ」

磐手基地の第一滑走路に着陸した九六式陸攻一八機は、第二三航空戦隊に所属する高雄航空隊の分遣隊であった。指揮官は飛行隊長の望月少佐である。

「航法員の技量は問題なしだな」

彼にとって、夜間にクーパンを出撃しての作戦任務で一番の注意点は航法だった。

常に星や月が見えているわけではない。風速の計測から偏流を読み取り、修正する必要もある。そうしたことを望月は部下たちに対して飽きることなく訓練を施してきた。

彼がそうしてまで夜間飛行の訓練に傾注するのは、彼らの陸攻が一式ではなく九六式であるためだ。

機械であるから、旧型より新型のほうが性能のいいのは当然のことだ。九六式より一式のほうが速力も出るし、航続力もある。

だが一方で、搭載できる爆弾や魚雷の数は九六式も一式もかわらない。つまり、攻撃武器としての能力は同じである。だとすれば、九六式陸攻もまだまだできることはあるはずだ。

そうしたなかで望月が考えたのは、自分たちを夜襲専門部隊に鍛え上げることだった。

昼間の戦闘では、どうしても一式陸攻との性能差が出てしまうが、夜襲なら時間的制約もあり、航続力や速力の差は重要ではない。

相対的に陸上基地からの戦闘距離は近くなるので、航続力が一式より短いことも弱点にはならない。

また、比較的近海での戦闘であれば、速度差もさほど影響しない。九六式と一式の速度差は、長時間飛行では大きな距離の隔たりとなるが、近距離ならそれほどの違いは生じまい。

そうした訓練の成果は、クーパンから磐手市までの二六〇〇キロの夜間移動で遺憾なく発揮された。一八機は一機の脱落もなく、無事に移動を成功させた。

すでに明るくなっていたが、望月は上空から見た磐手基地の状況に感銘を受けていた。滑走路が三本あることは聞いていたが、掩体や誘導路も完備している本格的な航空基地だ。基地を守る高角砲陣地も整備されているように見える。

言い換えるなら、これだけの基地施設を整備したからには、ここは最前線で戦う基地ということでもある。敵の反撃を前提としなければ、掩体や高角砲はここまで整備されないだろう。

滑走路もコンクリートで舗装されていた。

中継貿易港ということを差し引いても、ニューギニアという環境で、これを整備した先人たちの努力を思わずにはいられない。

望月たちが陸攻から降りた時、滑走路脇には乗用車とその脇に立つ井上司令長官の姿があった。

「長官が出迎え！」

せいぜい航空隊の指揮官が出迎える程度と思っていたのに、井上長官直々の出迎えとは。

「貴官らの到着を歓迎する」

そう言う井上に対して、望月は「ありがとうございます」と返すのがやっとだった。

4

北オーストラリアのケアンズから磐手市までの距離は、直線で八五〇キロ弱であった。この距離ならば、飛行艇での偵察は可能である。

米海軍のワイリー中尉は、カタリナ飛行艇により上陸前の磐手市の様子を確認しろとの命令を受けた。磐手港には有力艦隊がいないという報告を確認せよという命令である。

じつを言うと、ワイリー中尉は現在進行中の磐手市（あるいはポートモレスビー）攻略作戦を知らされていなかった。

奇襲作戦であり、完全な機密管理が求められたためである。米太平洋艦隊司令部としては、作戦成功のため、その全容を知る人間は最小限度にとどめる方針だった。

そのかわり空母部隊については、ある程度の情報は流していた。空母によるラバウル方面の一撃離脱のゲリラ戦が準備されているらしいというようなものだ。

これにより空母部隊が作戦準備を行っていることが日本軍に知れても、そのこと自体は怪しまれないのと、船団集結の件を気取られることもない。

ワイリー中尉には、そうした空母部隊の情報さえ知らされていない。オーストラリア海軍の人間ではあるが、偵察航空隊であるし、関係者とは目されていなかったためだ。

ただ、基地内ではいろいろな噂が飛び交うのが常だ。作戦にはオーストラリア海軍の重巡二隻も参加している。重巡の作戦目的は不明でも、大規模な作戦が行われていることはわかる。

しかも、それが噂の空母部隊の警護ではないとしたら、別の作戦が進行中だろうくらいの目測はたつ。

もっとも、自分たちの偵察任務がそれらと関係があるかないかまではわからない。なぜなら磐手基地を偵察するというのは、常識的な内容だからだ。ケアンズから八五〇キロというのは、敵航空隊が攻撃を仕掛けるには十分な間合いである。

「偵察の重点目標は、情報部のために軍港に停泊している敵艦隊の有無ですか」

副操縦士が命令書を確認する。それは出動直前に手渡された。色々な議論がなされた結果、このように決まったという印象を乗員たちは持った。

「どう攻めます、機長」

副操縦士の質問にワイリー中尉は即答する。

「最短距離で行く」

それはつまり、偵察は最短時間で終わらせるという意味である。

副操縦士にもそれは十分理解できた。低速の飛行艇で日本軍の一大航空要塞を偵察するとなれば、長居は無用だ。自分たちは自殺しに行くわけではないのだ。

じつは連合軍は、磐手市も磐手基地も実情がどうなっているのか、完全には掌握していなかった。一つには開戦前に磐手市の外国人は、ドイツやイタリア人以外はすべて退去が命じられていた。

さすがにイタリア人はいなかったが、歴史的経緯からドイツ人は数十人ほど生活していた。

彼らの多くはビジネスのために駐在していたが、同時に（どこまで本気かは、当局も掌握しかねていたが）「アルベルト・ハーフェンを日本から返還してもらう会」なる団体のメンバーも多かった。

詳細は不明だが、彼らは祖国ドイツに戻れない事情があるようで、そのため磐手市に居住しており、ドイツ官憲もあえて送還を求めていないらしい。つまり、それほどの手間をかけねばならない大物はいないということだ。

こういう事情で、開戦後の磐手市の状況はわかっていない。開戦直前から急激な要塞化が行われたことだけはわかっていたが、それだけだ。

偵察部隊の幹部であるワイリー中尉は、「アルベルト・ハーフェンを日本から返還してもらう会」の中にスパイがいるらしいことは知らされていた。

そこからの情報で、滑走路があることや航空隊が進出していることはわかっている。

ただ、オーストラリア陸軍情報部は、彼らしか情報源がないので活用しているが、扱いの難しい連中という印象を持っているとも聞いていた。

それは「アルベルト・ハーフェンを日本から返還してもらう会」のスパイ組織が、本業の余技で行われていることが明らかなのと、メンバー間での軍事知識の差が大きいためだ。つまり、確度の高い情報と低い情報が混在する。

しかも、日本当局もスパイがいることは把握しているらしく、そのため通信文は暗号化されているがごく短い。したがって、背景から確度を割り出すのも難しい。

陸軍情報部は「ゴミ情報でも蓄積し、分類し、傾向を分析し、既知の情報との整合性を見ることで真偽の判定は可能」として報告はさせていた。

飛行艇の任務は、そのためのものと命令書にはあった。磐手港に軍艦がいるかいないか。子供でも判断できる情報を確認し、情報の信頼性を判断する。

どうも陸軍情報部もスパイの誰が信頼できて、誰が信頼できない情報なのかを絞り込みつつあるらしい。

もう一つは、航空偵察がことごとく失敗していることだ。このことも、スパイ組織への信頼度が低い理由である。なにしろ最初の偵察飛行は、「磐手基地に飛行機はない」という報告を受けて行われたのだ。

それで接近した飛行艇は戦闘機に撃墜された。事の真偽を確認するために二機目が飛行して、またも撃墜される。

どうやら本当に航空戦力が強化されたとわかった時には、さらに数機の偵察機が撃墜された。それでわかったのは、この偵察機の存在により日本軍は哨戒体制を強化したということだ。

結果としてこれ以降、航空偵察は行われていない。犠牲が大きい割には成果が得られなかったからである。

だからいままでは磐手市の偵察よりも、敵の哨戒能力を探ることに重点が置かれていた。そうしたなかで久々に偵察任務の命令が下りたのだ。

最短距離でと言ったのも、ワイリー中尉に考えがあってのことだ。

哨戒艇や哨戒機の活動にはパターンがあり、警戒が手薄な時間がある。いまがまさにそれであり、哨戒機はもっとも離れ、哨戒艇も定期的な補給任務のために持ち場を離れている。

「機長、どうやら大当たりのようです」

航法員が報告する。

飛行艇はいままでになく磐手市に接近していた。すでに陸地の姿は見え、海岸に都市の姿が見えている。

磐手市の建物は鉄筋コンクリートが多い。高温多湿の自然環境がその理由にあげられる。

それは間違いではないだろうが、見る人間が見れば、ビルの屋上は機銃座として最適であり、トーチカにもなることがわかる。ビルにしては必要以上に鉄筋が多く、コンクリートも厚いからだ。

飛行艇から見えるということは、港を攻略する部隊は真正面にそびえ立つこの要塞を叩き潰す必要がある。

それは上陸作戦には大きな脅威となるだろう。だから上陸前に、ここは砲撃される予定だった。

このビルのことは戦前から知られている。ただ飛行艇からは、ビルの形が戦前とは変わっているように見えた。屋上には対空火器が装備されているように見える。もっとも、この距離でわかるのはそこまでだ。

軍港内に艦艇がいるかどうかは、はっきりしない。何かいるのは確かだが、貨物船かもしれないし、哨戒艇の類かもしれない。

接近方向の都合で、磐手港は西島と東島の砲台によって目隠しされたような状況だ。ともかく接近すれば、それもわかる。

「写真撮影の準備だ」

ワイリー中尉は命じる。写真撮影こそ、この飛行艇の真骨頂だ。

「カメラ準備完了！」

偵察員がそう報告した時、戦闘機の銃弾がカタリナ飛行艇を襲う。

「敵機だと！」

戦闘機は後ろから襲撃してきた。どう見ても待ち伏せての攻撃だ。それは日本軍の零式艦上戦闘機。磐手市では全体の三分の一が零式だ。

「我、敵襲を受ける!」

飛行艇から緊急電が放たれる。搭載する一二・七ミリ機銃で応戦するが、戦闘機を相手に命中弾は出ない。奇襲されたことで、飛行艇の運命は決まった。

こうしてワイリー中尉らの飛行艇は撃墜され、偵察飛行は失敗した。


「飛行艇が撃墜されたか……」

望月飛行隊長は飛行隊の司令部でコーヒーを飲んでいた時、その報告を聞いた。

もともと軍事施設ではないという名目で開発が進められていた関係で、磐手基地の飛行隊司令部は小さな鉄筋コンクリートのビルである。

冷房も備わっており、快適な環境になっているが、屋上には機銃座が設置され、ここが戦場なのがわかる。

「どうかしたか、隊長」

それを尋ねたのは磐手基地航空隊の山田司令だ。

航空隊の指揮官は、通常は司令官であるが、磐手基地は部隊としての規模がまだ十分ではないことと、司令官を務める少将が足りないこと、さらに高雄空の分遣隊なので指揮官は大佐である。

二人は今後の作戦のことなどを話し合っていたのだが、そこに飛行艇を撃墜したとの戦果報告が戦闘機隊からあった。

「毎日のように偵察機が来るのですか」

望月の言葉には、最前線基地ならそうだろうという考えがうかがえた。

「いや、ここしばらく磐手市を直接偵察しようとした機体はない。哨戒機や哨戒艇の穴を突いたつもりだろうが、高台の見張所を甘く見るなということだ」

自慢げな山田に望月の勘が働く。通常ではないことが起こるというのは、どういうことか？

「敵が策動しているのでしょうか」

第2章　索敵

1

磐手市警察は開戦直前に大規模な組織改編が行われ、その規模は大幅に縮小された。

その結果、哨戒艇や飛行艇部隊は第四艦隊に編入され、CV33豆戦車を保有する部門も警備隊の傘下に入った。

じつを言えば、これらの部隊で活動していた警察官は、海軍から内務省への出向という形になっており、この組織改編と同時に内務省から海軍に戻った形をとっていた。

こうしたなかで、四機編成の磐手市警察海上警《けい》邏《ら》隊は、人員も機材もそのまま第四艦隊司令部直卒の飛行艇隊となった。しいて変わったところを言えば、制服と看板と機体の塗装くらいである。

飛行艇隊で飛行艇一号の機長を務める木村大尉は、飛行艇隊の隊長である大沼少佐より偵察飛行を命じられていた。

木村は命令があれば出動することに異存はなかったが、命令自体には違和感を覚えていた。なぜなら、これから出撃するとなれば夜間になる。

木村自身は夜間飛行に恐れはない。夜襲を重視する日本海軍の飛行艇部隊で経験を積んできた彼にすれば、そのことは任務の制約にはならない。

ただ、通常の哨戒飛行なら昼間に行うのが通例である。それをあえて条件の悪い夜間に行う理由がわからない。

木村はそのことを大沼に尋ねた。

「敵空母部隊が策動している可能性がある」

大沼隊長の言う敵空母の話は、木村も耳にしていた。だが詳しい情報はなかった。さらに、なぜ夜間偵察かの理由もわからない。

「じつは知ってるかどうか、昼間に敵の飛行艇が磐手港への強行偵察を試みた。それは高地の観測所で発見され、すぐに迎撃できたが、哨戒艇や哨戒機の捜索領域の間隙をついてやってきた。かなり入念に我々の動きを調査していた証拠だ」

「ですが、それで失敗しては元も子もありませんね。我々は哨戒時間をずらすなりすれば、対応できます」

「だからだ」と大沼。

「我々の哨戒体制の隙をついて、敵は磐手港の偵察を試みた。おそらく、軍港に艦艇がいるかどうかを確認しようとしたのだろう」

木村はやっと大沼の意図を理解した。

「スパイが磐手市にいて、敵はその情報を確認しようとしていると？」

「鳥海以下の艦艇が磐手港を留守にしているのは確かだ。だが、敵はそれだけでは確信が持てないのだろう。問題は、そこまで慎重に磐手港の艦隊を調べなければならない理由は何かということだ」

「敵襲ですか」

木村の言葉に大沼はうなずく。

「スパイの能力はわからんが、いくらなんでも磐手港に空母などいないことはわかるだろう。つまり、攻撃を仕掛けてくる相手は水上艦艇だ。空母なら攻撃方法も違う。

逆に空母でないとすれば、攻撃は夜間だろう。昼間に航空基地に接近する水上艦艇など、いまどきあるまい」

「夜襲を仕掛けてくるであろう敵部隊を発見するため、我々に出動せよと」

「うちの隊では貴官が一番だからな」

「わかりました！」

「一応、敵の問題については演習中の部隊にも通知した。通知をどう解釈するのかは、彼ら次第だがな」


木村はそれもわかる気がした。敵が発見されたというならともかく、飛行艇の接近から敵襲の可能性があると推測しているのが現状なのだ。

この程度の確度の情報では演習の中止はあり得まい。

飛行艇隊の基地は磐手港ではなく、西島と東島の両方にあり、外洋に向けて作られていた。

つまり、砲台が飛行艇隊の基地でもある。組織は別なのだが、互いに小世帯なのと、一つの要塞設備の中でともに生活しているため、ほぼ身内のような生活だった。

じっさい主計関係にしても、砲台もまた司令部直卒であるため一緒に処理され、食堂も一緒である。

「敵襲の可能性か」

木村の飛行艇は西島の砲台施設で管理されていたため、出撃となると、西島の二つの砲塔を指揮する砲台長の滝沢少佐の耳に入らないはずがない。

彼はすぐに木村に会いに来た。さすがに滝沢とて、毎度まいど会いには来ない。

ただ彼も木村との会話のなかで、飛行艇運用についてある程度はわかるようになっていた。それからすれば、午後の遅くに出撃するというのはいささか異例のことだったからだ。

そのため木村は、滝沢に任務の概要を説明した。各方面への注意喚起を大沼から出すという話なので、滝沢に説明しても不都合はない。

「仮に大沼さんの読みが正しければ、戦闘の矢面《やおもて》に立つのは我々だな。まぁ、最悪の場合だが」

滝沢の言うのは、こういうことだ。

敵部隊の接近があるとして、飛行艇がそれを発見したにもかかわらず、敵が砲台と撃ち合う状況とは、そこまで敵を撃退できなかったということだ。

木村から見て、滝沢はおかしな軍人だった。敢闘精神に欠けるわけではないのだが、戦闘に対して醒《さ》めているところがある。

確かにほかの要塞でも、そこに勤務する将兵は緊張感に欠ける部分を否めない。要塞の多くが日本本土にあるので後方勤務と大差ない。敵弾が飛んでくることは、まずないのだ。

だが、滝沢はそうした後方の安寧みたいなものとも無縁だ。砲台は訓練もなされており、部下たちの動きも緊張感に満ちている。ここは最前線であるという認識が、上から下までできている。

　だがその一方で、滝沢は自分たちの戦闘は危険信号であるとの認識を持っていた。海軍の空軍化などと言っている時代に、航空要塞が砲台で戦わねばならないとしたら、それは少なくとも航空隊の全滅を意味している。

　自分たちが何もしないのが最善で、激戦を演じなければならないとしたら死を覚悟すべき。それが滝沢の認識だ。

　木村も理屈としてそれはわかるのだが、滝沢のストイックさにはついていけないと思うところもある。

「どうなると思います？」

「それは敵部隊の編制次第だな。どうも、これはゲリラ戦とか通り魔的な攻撃とは思えん」

「なぜです、砲台長」

「一撃離脱の奇襲攻撃を仕掛けるのに、事前に偵察機を出すやつがいるか？　ゲリラ戦はいわば嫌がらせなのだから、偵察など不要だろう」

「つまり、ゲリラ戦ではなく真正面からの攻略作戦だと？」

「真正面からの攻略かどうかはわからん。大攻勢で磐手市を無力化する可能性もある。ただ言えるのは、一、二時間で終わるような攻撃ではないだろうということだ。

　仮にそうだとすると、真っ先に潰されるのはこだな」

「砲台ですか」

「ほかにどこがある？　上陸部隊にとって最大の脅威は砲台じゃないか」

飛行艇の準備ができたので、木村は愛機である九七式飛行艇に乗り込む。実態は海軍軍人とはいえ、市警察が保有する飛行艇としては前代未聞だ。

「砲台が戦ったら、おしまいか。相変わらず面白いことを言う」

木村はまだこの時、そう口にするだけの余裕があった。

2

もうすぐ夕刻という時、バンデクリフト少将は作戦の山を越えられたと思った。

もう少しで陽が沈む。夜になれば何人《なんびと》も自分たちを発見できまい。発見できたとしても、攻撃はできないだろう。

翌朝に発見されても手遅れだ。巡洋艦部隊が磐手市、いやポートモレスビーに猛攻を加えているだろう。

ただ、オーストラリア軍のカタリナ飛行艇が撃墜されたことまでは、バンデクリフト少将も知らされていない。それ自体が上陸作戦の障害になるとは認識されていなかったためだ。

もちろん偵察が成功すれば、それはそれでよかったわけだが、オーストラリア陸軍情報部は通信傍受の結果、重巡鳥海がほかの艦艇とともに、磐手港には在泊していないことを把握していた。

したがって、飛行艇が日本軍を警戒させた可能性はさほど考慮されていなかった。

オーストラリア軍の視点では、軍港に突入こそさせていないが、飛行艇は何度も偵察に出しており、特別に注意を引くとは認識されていなかったのだ。

「すべては順調だ」

そんなバンデクリフト少将の楽観論を、貨客船ボイシのレーダー手が吹き飛ばしたのは、まだ日没には至らない時間だった。

「大型の航空機が接近中。速力から飛行艇と思われる」

バンデクリフト少将はそれでも、それは友軍のものではないかと考えた。友軍の飛行艇が上空哨戒を担当してくれるはずだったからだ。

しかし、彼はすぐにその考えを否定する。これから夜間になろうという時間帯なら、飛行艇隊は基地に戻るはずだ。夜間では飛んでいたとしてもあまり意味がないからだ。

じっさい、まさにレーダー手から飛行艇隊の帰還について報告を受けていたのだ。

「敵機なのか」

電話機ではレーダー手が冷静に返す。

「現時点での識別は困難ですが、方位から推測して敵機の可能性が大です」

レーダー手によると、飛行艇は自分たちに向かって真っすぐ飛んでくるわけではないという。斜め前方を横切る時に最短距離で一〇キロほどになるらしい。

バンデクリフト少将は灯火管制を徹底させ、そのままやり過ごすことにした。積極的に動きにくい状況であるからだ。

迎撃機もないし、あったとしても、こちらの存在を知らせるのは面白くない。

幸いにも、雲も出ていて海上は暗い。船舶が発見される可能性は低いだろう。レーダーがなければ、ブリッジにいても、となりの船舶が見えないほどだ。

とりあえずは敵機の動きを監視するしかない。しばらく敵機は直進し、針路変更する様子はなかった。だが突然、偵察機から照明弾が投下される。

それは周辺海域を煌々《こうこう》と照らし、三〇隻の輸送船団を浮かび上がらせる。

驚くべきことにターナー少将の護衛隊は、この飛行艇を撃墜しようと対空戦闘を開始した。だが、飛行艇は逃げてしまい、対空戦闘は終了した。

「どうするのだ！　これでは奇襲じゃなくて、強襲ではないか！」

3

作戦では日本軍の関心を逸らせるため、空母部隊は東部ニューギニアの沖合に展開することになっていた。攻撃開始時にはニューギニアを横断して、磐手市を攻撃することになる。

だから、作戦開始時まではニューギニア沖を北上し、途中で折り返して磐手基地を攻撃する。それが段取りだ。無駄に見えるが、すべては船団を敵に発見させないためだ。

だが偶発的な哨戒飛行か何かにより、ともかく船団は発見されてしまう。これに対してフレッチャー長官の判断は迅速だった。

「空母サラトガは全速で北上し、ラバウルに夜間の航空攻撃をかけよ」

命令を受けた空母サラトガのクリントン・ラムゼー艦長は、その作戦意図に目をむいた。

現時点では船団も珊瑚海を北上しているだけで、目的地ははっきりしないだろう。船団自身も、いまは針路を変えて退避に入っている。

この状況で空母部隊がラバウルに攻撃を仕掛ければ、日本軍は攻撃目標をラバウルと判断するはずだ。

日本軍が混乱のなかでラバウルの防衛に傾注するなら、数時間の遅れはあるが、磐手市への上陸作戦は実行できる。

空母レキシントンとサラトガは空母同士の合流は待たず、磐手市上空で攻撃隊が合流できるように時間調整を行う。

むろん、そのままではサラトガ部隊は母艦に戻ることはできない。しかし、レキシントンには着艦できる。

なので、それらはレキシントンに着艦し、燃料補給だけ受けてサラトガに帰還。本格的な整備と銃弾、爆弾の補給はサラトガで行う。

第二次攻撃隊を出す頃にはサラトガ隊がサラトガに帰還できるまで追いつけるだろうし、第二次攻撃が終わる頃には、なんとかレキシントンに追いつけるはずだ。

それは時計のような精密な時間管理が必要な作戦であるが、磐手攻撃まで敵の目を逸らせるという意味では、ほかに手はないだろう。

引き返すという判断も、もちろんある。しかし、そうであれば船団が存在し、それが引き返したことで日本軍を警戒させるのは間違いない。

磐手市は難攻不落の要塞となりつつある。これがさらに強化されれば、攻略作戦のハードルはなおさら高くなる。

こうして空母サラトガは三〇ノット以上の高速で、若干の護衛艦艇とともに北上を開始した。

ラムゼー艦長もひどい作戦だと考えたが、いまの自分たちには、そのひどい作戦しかないことも認めざるを得なかった。

「あと三時間後に攻撃可能です」

作戦立案を依頼した飛行長が概要をまとめた。十分な準備ができる状況ではないので、SBD急降下爆撃機だけが出撃する。F4F戦闘機などは同行しない。

夜間であり、敵戦闘機との格闘戦などは考えにくいというのが一つ。もう一つは爆撃を終えたSBD急降下爆撃機は準戦闘機として戦えると、この時期には考えていたためだ。ならば戦闘機は必要ないだろう。

「本命は磐手市です。はっきり言って、このラバウル攻撃は陽動作戦なのですから、怪しまれない程度の規模を維持しながらも、爆弾消費は最低限度にしなければなりません」

「それでどこを攻撃する？」

「理想をいえば、ラバウルにある航空基地です。その航空機を地上破壊できれば、大打撃を与えることができるでしょう。

しかしサラトガ一隻で、しかも夜間攻撃でそれは無理です。ラバウルの航空基地は複数あり、最小の攻撃で最大の成果をあげるためには精密な爆撃が必要ですが、夜間ではそれはほぼ期待できません。

そうなれば、攻撃目標はラバウル市内に絞る必要があります。都市部に集中して爆撃を行えば、敵は艦隊司令部が狙われたと考えるでしょう。

仮に艦隊司令部を幸運にも叩き潰せたなら、陽動作戦としてこれほどの戦果はありません」

「艦隊司令部を狙ったかのようにして、敵に船団の目的地をラバウルと思わせるわけか」

ラムゼーには、それは確かに名案に思われた。できる範囲のことで最善を目指すなら、落としどころもそのへんだろう。

「わかった。その線で準備してくれ」

4

「この位置の船団か……」

井上成美中将は、飛行艇からの報告に何度となく海図に記された敵船団の位置を確認していた。

「この規模の船団なのは、上陸作戦を意図してのものと思われる。問題はどこに向かっているかだ」

飛行艇の報告してきた船団は、確かに判断に悩む場所にいた。西進して磐手市を目指すことも可能なら、北上を続けてラバウルに向かうことも可能な位置だ。

むろん上陸作戦が行われるとしても、可能な時期は違う。磐手市攻略が目的なら明朝。ラバウル攻略が目的なら明後日の未明になるだろう。

「まず鳥海に連絡を入れて、艦艇部隊を引き返させろ。敵が磐手市を目指しているなら、演習どころではない。

仮にラバウルだとしたら、この船団の攻撃に磐手からも戦力を出す必要がある」

井上の決断は迅速だったが、彼はやはり敵の意図を図りかねていた。

「何が問題ですか、司令長官?」

井上の様子に気がついたのは田村参謀長だった。

「敵空母はどうなった? 敵空母が策動中という情報もあったはずだが、敵は制空権も確保せずに上陸作戦を仕掛けようというのか?」

「なるほど」

井上はすでに木村隊以外の飛行艇を応援に差し向けていたが、それは状況を複雑にしていた。戦線の拡大に人材育成が追いついていないと、井上も常日頃から感じていたが、まさにこの重要な時にそれが露呈した。

最初の木村隊の飛行艇は航法に不安もなく、なおかつ海面のある部分だけ波浪が消えて鏡のように線状に延びていることから敵艦の存在を察知し、照明弾を展開することで敵部隊を発見した。

戦闘艦らしいものの近くに接近し、あえて相手を挑発し、その戦力も読み取っていたのである。そして見事に生還した。

さらに敵船団の動きから、「敵は本機の接近を事前に探知していたとしか思えない」との所見をつけていた。

こうした非の打ちどころのない木村隊に比して、二番機はかなり見劣りした。まず航法ミスを行い、現地到着がかなり遅れた。

　正確には、航法ミスで遅れたが、敵船団らしいものが見当たらないため、また航法ミスを犯したと思い、その確認で無駄な時間を食ったのだ。経験が乏しいためか、木村隊に発見されたことで敵が針路変更を試みるという発想がなかったのだ。

　さらに、海面のわずかな変化を読み取る注意力にも欠けていたのか、無駄に照明弾を打ち上げて終わったらしい。結果、わかるのは、敵船団が針路変更したらしいということだけだ。

「君はどう思う?」

　井上長官は木村大尉も呼んでいた。なにしろ船団を目撃した張本人だ。

「天候は必ずしも偵察には向いておりません。発見できないのは仕方がないと思います。小職らの場合は運がよかっただけです」

「ほう」

　井上は初対面だが木村に好印象を持った。自分の功績を自慢せず、仲間の失態をかばう。そうあるべきとはわかっていても、実行できる人間は少ない。

「すでに報告しましたが、敵はなんらかの探知機を有しているように思います。あくまでも小職の印象でありますが、彼らにとって飛行艇の存在は必ずしも予想外のものではなかったようです」

「探知機とは……」

　井上長官はその話に興味を抱いた。

「それはわかりません。ただ、赤外線は雲でも透過すると聞いたことがあります。空中に飛行艇の発動機の赤外線があれば、非常に目立つのではないでしょうか?」

「なるほど」

井上も航空本部長時代に、電波で夜間でも船舶の位置を察知する技術があるという話は耳にしていた。なんであれ、敵には夜間でもこちらの接近を探知できる能力がある。それを前提に考えねばならないのは確かだろう。

おそらく木村機は敵船団から見て、やりすごせると判断できるような位置関係だったのだろう。ところが、木村機はそれを発見してしまった。

敵からすれば、探知機の存在を知られてでも逃げ延びることが優先される。だから二番機以降は敵を発見できない。現状はこういうことだろう。

そうなると、井上長官としては難しい決断を強いられる。索敵機をこれから出しても、敵はそれを避けられる。昼間なら逃げようもなかろうが、夜間となると発見は難しいからだ。

さらに、敵が磐手市を襲撃しようとする可能性があるならば、陸攻隊は温存しておく必要がある。すぐに反撃を仕掛けるためだ。

とりあえず、井上は航空隊の山田司令に命じて、いつでも出撃できる態勢を準備させる。航空魚雷も三分の一の九機に施し、残り一八機は爆装する。

爆装・雷装の比率に、井上はあまりこだわらなかった。逆さに振っても二七機しか陸攻はない。ここで一機、二機の違いにこだわることに意味があるとは思えない。それよりも、すぐに動けることこそ重要だ。

じつは磐手基地には、単発機の戦闘機二七機と艦攻一八機の計四五機の戦力がある。戦闘機二七機は、零戦が九機に九六式艦戦が一八機である。

艦攻があって艦爆がないのは、もともとこの基地は陸攻隊と戦闘機隊の航空基地なのだが、陸攻の数が足りないので、艦攻一八機で数字を埋めていた。

攻撃機の総数は五四機だが、磐手基地の定数は陸攻七二機であり、充足率は六二パーセント程度しかない。

艦攻に関して、山田は燃料充足以外の手配をしていなかった。敵襲があるという確証はないのと、陸攻の準備を最優先していたためだ。

最前線ではあるが、機体も足りなければ、経験を積んだ整備員も足りない。なので優先順位の低いものは後まわしになる。

むしろ単発機では艦戦の整備と燃料補充が優先された。それらは陸攻と行動をともにするからだ。

空母はまだ発見されていないが、空母策動の動きは報告されており、ここは空母も出てくることを考慮すべきだろう。そのための戦闘機だ。

敵襲への備えはそれでいいとして、敵が動くであろう夜間の備えをどうするか？

「参謀長、近海の潜水艦を調べてくれ」

井上は命じた。

5

潜水艦呂号三七が、敵船団の捜索命令を受け取ったのは二二〇〇の少し前のことであった。

通信長は、すぐに命令文を潜水艦長の丸川少佐に届ける。

「ラバウルってことか？」

丸川潜水艦長はそうつぶやく。

「何がラバウルなのでしょうか、潜艦長」

「敵船団の目的地だ。我々の現在位置は磐手市よりもラバウルに近い。その我々にも警戒を呼びかけるというのは、司令部は敵船団がラバウルに向かうことを想定している。少なくとも可能性は否定していない」

新任少尉の通信長はそれを独自解釈していた。

「攻撃せよということでしょうか」

その無邪気さに丸川は失笑を漏らす。

「まぁ、状況次第だな。攻撃すべき相手なら、果敢に攻撃を仕掛けるだけだ。しかし、まぁ、それもこれも敵が現れてからの話だ」

「敵が現れるのが楽しみです！」

通信長はそう言い残して持ち場に戻る。その姿を見ながら丸川は、この元気な若者はあまり上には行けないだろうという感想を持った。

潜水艦長にとって、もっとも重要なのは己を知る客観性だ。

こと潜水艦長にとって、威勢がよいというのは褒め言葉にならない。威勢がよい人間というのは、往々にして飽きっぽい。だが潜水艦長に、いや潜水艦乗りに必要なのは忍耐力であり、持久力だからだ。

もっとも、少尉はまだ若い。潜水艦に適性がなくてもこの先、水雷学校などで学んで駆逐艦か何かに異動することは十分可能だ。まさにその適性を見るために、彼はここにいるようなものだ。

「若者は元気そうですな」

潜水艦長室に先任将校の津崎水雷長が顔を出す。二人は偶然にも海兵の同期であった。おそらく次に新造艦があれば、津崎もまた潜水艦長として異動することになるだろう。

「元気なことはいいことだ」

そう言いながら、丸川は津崎に命令を見せる。

「三〇隻の船団ですか。なかなか難しいですな」

水雷長の津崎は率直に認める。

「艦尾発射管の二本は除いても、本艦の魚雷は一〇本ですからな」

呂号三五型潜水艦は中型潜とも呼ばれ、戦時量産型ともされていたが、軍縮条約を破棄してから、すぐに生産が始まっていた。

というのも、呂号の目的は要地の警戒と哨戒任務であり、まさに磐手市が必要としている戦力であったためだ。

日本海軍は、ドイツとオーストラリア軍のアルベルト・ハーフェンをめぐる紛争を知っていた。だから、オーストラリアの武力侵攻の可能性を警戒していた。

日本が磐手市を中継貿易港としていたのも、そうしたオーストラリアの動きが国際問題になることを期待してだ。言わば抑止力である。

じっさい、日本海軍も国際情勢の変化で緊急対応を迫られたことは何度かあり、特に大きな動きが二度あった。

一つは松岡外相による国連脱退であり、日本海軍はこれが委任統治領の放棄につながるかどうか法務官に至急検討させると同時に、シドニー条約の効力についてオーストラリア側に確認し、戦艦金剛と空母鳳翔を伴う機動部隊を航海演習として磐手市に派遣する準備まで整えていた。

幸いオーストラリアも松岡演説が唐突であったため、なんの対応もできておらず、この時は何も起こらなかった。

最大の警戒が図られたのは、軍縮条約破棄の時だった。軍縮条約が効力を失う日を狙い、オーストラリア海軍が重巡洋艦オーストラリアとキャンベラなどの艦隊を磐手市に訪問させると発表したのだ。

のちに客観的に見れば、これは海軍軍拡に向かう日本へのイギリスサイドの牽制であったわけだが、日本としては磐手市の武力奪還の可能性も否定できなかった。

すったもんだの末に日本も同規模の艦隊を派遣して、磐手市で日豪艦隊の友好を誓うというセレモニーで終わった。

ただ、これらのことから非武装都市の磐手市を守る戦力として、呂号潜水艦の存在が見直された。

伊号潜水艦などが艦隊潜水艦として設計されたなかで、呂号はより高い汎用性を求め、交通破壊戦も視野に入れたものとなっていた。艦尾発射管の装備も、追撃する駆逐艦への反撃手段として整備された。

艦首の発射管は四門だが、それでも要地防衛と交通破壊戦なら十分な兵装である。

また、交通破壊戦のために装備されているのは電池魚雷だ。酸素魚雷より構造が簡単で安価である。さらに航跡も残さない。

艦隊戦での遠距離雷撃などは想定していないため、安価なので商船を攻撃しても主計から嫌味を言われない魚雷を搭載するのである。むろん酸素魚雷も発射できるが、魚雷方位盤がそれに対応していないので、その場合は勘と計算尺で雷撃することになる。

この時点で、海軍は米豪遮断ではなく英豪遮断を考えており、南進策でイギリスと戦争になった場合、アンザック諸国とイギリスとの海上交通を寸断することを計画していた。

そのためには呂号のような潜水艦が適切で、逆説的だが、磐手市の存在が不可欠だったのだ。

こうして開戦時には第四艦隊司令部傘下に磐手潜水隊が組織され、呂号三五から四二までの八隻が、それぞれの任務についていた。

ただ、呂号三七だけがラバウル寄りなのは若干の事情がある。不時着機の乗員を救助する任務を命じられ、その乗員を救助した後、ラバウルに移送したからだ。

だから呂号三七だけがこの時、通常の哨戒区域から外れていた。

「仮に敵船団と遭遇した場合、我々が考えるべきは攻撃する場所とタイミングだ」

丸川潜水艦長は力説する。

「まず軍艦への攻撃は意味がない。巡洋艦の一隻や二隻が沈んでも輸送船が無事なら、攻略作戦は実行されよう。つまり、我々は敵の攻略作戦をいかにして頓挫させるか。その視点から考えることになる」

通信長も含めて幹部たちは、発令所で丸川の説明を真剣な面持ちで聞いている。なにしろ運命共同体なのだ。彼の采配がまずければ、自分たちの命もない。

「しかし、輸送船が襲撃されればどうか？　斜針角を適切に設定して雷撃すれば、一度に二隻の貨物船に命中させられよう」

「ですが潜艦長、それですと一隻に命中するのは魚雷一本。相手にもよりますが、それでは必ずしも撃沈に至らないのでは？」

水雷長だけあって、津崎はその点を指摘する。

「いいんだ、水雷長」

「いいとは？」

「航行中の船団で損傷船が二隻出る。轟沈せず、手負いか、あるいは沈没まで時間がかかる。敵の護衛戦力は一〇隻。巡洋艦が四隻、駆逐艦は六隻。

さてこの状況で敵船団は、どう動く？　潜水艦がいるかもしれない海に、傷ついた船舶を分離するか？」

「なるほど。沈没しそうな船に船団が速度を合わせれば、敵の作戦を遅らせることができ、磐手なりラバウルの航空隊が始末してくれる。

敵が鈍足の仲間を切り離すとしても、駆逐艦は残すから護衛戦力は減る。我々はそれを仕留めることもできれば、護衛戦力の減った船団の追撃もできる。

追撃して再度攻撃も可能だし、追撃するだけで敵の行き脚を遅らせることも可能。敵にとってはいいところなしですなぁ」

「当然だろう、水雷長。上陸作戦は奇襲が成立してこそ成功の可能性が高くなる。だから船団が攻撃されなかったとしても、我々に発見された時点で成功確率は下がる。

ましてや、攻撃により航行速度が遅らされれば、作戦が成功する確率はなおのこと下がる。航空要塞に真昼に接近し、上陸作戦を敢行するなど自殺行為にほかなるまい」

呂号三七潜水艦の乗員たちは丸川潜水艦長の話に納得した。

「で、今日の哨戒直は？」

「自分です！」

津崎水雷長が小さく手を上げる。潜水艦なので大きくは上げられないのだ。

こうして彼は哨戒直に立ったが、船団を発見することはなかった。

6

「予定地点まで到達しました」

航海長の報告にラムゼー艦長は、まずは安堵した。船団が発見され、敵は警戒しているはずだが、ラバウルへの奇襲は想定していないのか、空母サラトガはいまのところ敵に発見されていない。

護衛は駆逐艦二隻に巡洋艦一隻。これが護衛に割ける戦力のすべてであったが、護衛部隊の手をわずらわせることなく、攻撃地点まで進出できた。

飛行甲板に最小限度の照明が灯り、二五機のSBD急降下爆撃機が順次エンジンを始動させる。

すでに全機が爆弾倉と両翼に爆弾を装備していた。個々の爆弾は小さい。一〇〇〇ポンド爆弾は本番である磐手市攻略に使うのだ。

指揮所が信号を掲げると、最初の一機が危なげなく発艦する。さらに二機目、三機目と発艦は続いた。

こうして二五機すべてが無事に発艦を終える。空母サラトガはそれからしばらく前進を続け、攻撃隊の帰路の燃料と本隊との合流時間などを計算し、その時間になってから反転する。

「すべて無事に終わりますように」

ラムゼー艦長は神に祈る。それくらい時間的余裕に乏しい作戦だった。

そして時間になる。

「攻撃成功です!」

通信長はそれを言うため、艦橋に駆け込んできた。

「よし。収容準備だ!」

二五機のSBD急降下爆撃機隊は夜間にもかかわらず、編隊を維持しつつ飛行を続けていた。もっとも航法に優れた機体が誘導機として、定期的に翼端灯を点灯させ、自分の位置を示す。

僚機はその光を参考に自分の位置を確認する。翼端灯は常に点灯しているわけではなかったが、二五機すべてが大きく位置をずれることなく飛行を続けていた。

驚いたことに、ラバウル市内は灯火管制がなされていなかった。煌々と電灯が点いてはいなかったが、何かの作業なのか、灯りのともった建物がいくつかあり、さらに自動車のライトらしいものも見えた。

参考になったのは自動車だ。それは海岸線沿いの道路を移動していたが、海岸線の形からラバウル市内の位置関係が修正できたのだ。

二五機は位置関係を確認し、そして五機一組となり、五組で順次、ラバウル市内に突入した。わざわざ分散したのは、可能な限り実態より大規模な編隊に思わせたかったからだ。

何を攻撃するということはなく、ともかく市内に爆弾を投下する。投下した機体はいち早く、ラバウルから離れる。それは事前に打ち合わされていた。

第一陣の爆撃で、ラバウル市内にいくつか火災が生じる。その炎に照らされて市内の建物がよく見えた。

ただ、どこがなんの建物かはわからない。ともかく適当なタイミングで爆撃を続けるのだ。

木造家屋が多いのか、火勢はだんだん強くなる。消防隊も動き出したが対空火器は沈黙している。

攻撃目標を選んではいられない。この攻撃は時間との勝負なのだ。サーチライトが稼働し、対空火器が動き出したが、どちらも予想より、はるかに密度が低かった。

奇襲なので防空組織がまだ眠っているのか、それともラバウルの航空要塞とは張子の虎でしかないのか。その確認はできなかったが、ともかく撃墜されるSBD急降下爆撃機はなく、ラバウルは燃えている。

「こんなことなら、雷撃の一つもかければよかったか」

爆撃機隊の指揮官は湾内にいる多数の艦船を見

ながら、そう思った。

7

ラバウルの第八艦隊は、突然の奇襲により混乱状態だった。サラトガ爆撃隊の「ラバウル市内に攻撃を絞る」という策が、予想以上の効果をあげたのだ。

一つには奇襲によって、司令部から外部に通じる電話回線が途絶したことがある。

周辺基地は、ラバウルが攻撃されたらしいことはわかるが情報がない。司令部は逆に隷下の部隊に命令を出そうにも通じないという状況が生じた。

なによりも事実上、司令部が狙われたような攻撃のため、三川司令長官はこの奇襲攻撃と磐手の飛行艇による船団発見を結びつけた。

自分たちも真珠湾で真っ先に敵飛行場を攻撃し、ハワイの米軍機の九割を破壊し、制空権を確保した。そのことから考えて、空母でラバウルの航空隊を全滅させ、制空権を確保した後に部隊が上陸するというのは、常識的すぎるくらい常識的な話だ。

ただ周辺との通信連絡がつかないことで、三川司令長官はラバウル全体の被害状況を確認するよりも先に、ラバウルが攻撃されたことを連合艦隊司令部と磐手市の第四艦隊司令部に通知した。

これは主通信局が爆撃で破壊されたため、バックアップの副通信局からかろうじて送られたものであった。つまりラバウルはこの時、頼みの無線通信でも回線が細くなっていたのだ。

トラック島に進出していた連合艦隊司令部はラバウルの奇襲に驚いたが、早急に動ける状況にはなかった。また、司令部内にもラバウル攻略という話に懐疑的な意見もあった。船団の位置関係からすれば、磐手市攻略のほうが可能性は高いからだ。

ただ、ラバウル攻略説にも一定の支持者はいた。つまり、発見されなかったなら、船団はそのまま丸一日北上してラバウルに接近し、奇襲攻撃と上陸作戦を行う。

しかし、船団が発見されてしまったので、ラバウル周辺の制空権を奪うため、空母部隊だけがいち早く攻撃を仕掛け、上陸部隊は明後日（連合艦隊司令部が報告を受けた時点では明日になっていたが）に上陸するのではないかというのだ。

連合艦隊司令部は、第八艦隊司令部がラバウル全体の状況を掌握した上で報告したと思っていたので、航空戦力も大打撃を受けたと考えた。

だが当の第八艦隊は、まだ全体を掌握していなかった。結果的に連合艦隊は不完全な情報で、ラバウル攻略の可能性を信じた。

一方、じっさいに船団を発見した磐手市の第四艦隊司令部はもう少し冷静だった。

井上司令長官は、まずラバウルの航空隊の被害状況を教えてくれるよう第八艦隊司令部に要請した。

ラバウルの航空基地は分散しており、それをすべて破壊したとすれば、米軍のすべての空母を動員するくらいの戦力でなければ不可能だろう。

しかし、それだけの空母部隊の集結や接近に自分たちがまったく気がつかないとは考えにくい。

なによりも第一航空艦隊の奇襲を成功させた日本海軍だからこそ、何がどうなればという勘どころはわかっているはずなのだ。

井上が連合軍のラバウル攻略に懐疑的なのは、まさにラバウルが奇襲されたことにある。

船団の発見場所から考えて、上陸部隊が現れるのは今朝ではなく明日未明だ。空母が奇襲して、一昼夜がすぎてから上陸とは考えにくい。なによりも、八〇〇キロしか離れていない磐手基地の航空隊がいるからには、ラバウルの制空権は確保できたとは言えない。

クーパン・磐手・ラバウルと航空隊を移動させるのには、半日あれば十分だ。

ただ、井上も敵軍が磐手を攻略しようとしていると決断するまでには至っていない。理由は、やはりラバウルの奇襲だ。磐手基地攻略を目論んでいるのなら、明らかな陽動作戦のためだけに空母を投入するのは無理がある。

空母部隊を分散できるほどアメリカの空母戦力に余裕があるとは思えない。磐手基地を攻略するなら空母部隊は集中するはずだ。

幸い、鳥海やほかの演習参加部隊に対してラバウルへの移動命令は出ていない。磐手市かラバウルか、その結論が出ないのに部隊を迷走させるわけにはいかないからだ。

「磐手基地への攻撃があるという前提で、各部隊は待機せよ」

井上は傘下の部隊に命じる。我ながら、平凡な結論だと彼は思った。

8

　この時期、米海軍もレーダーを実用兵器としていたが、運用面については、まだ試行錯誤が続いていた。

　レキシントン級空母もレーダーは有効であったが、通信機器との干渉という問題を抱えていた。そのため航空隊の運用中は、状況によってはレーダーを止める必要があった。

　この電波干渉問題は後に設計の見直しで解決されるのだが、それは後のことであって、いまはまだその問題を抱えていた。

　ラバウル奇襲作戦の時もそうだった。夜襲であるからレーダーは重要なのだが、同時に奇襲攻撃の成果を知るために無線通信も重要だ。

　そこで行われたのはレーダーの短時間の使用である。ラバウル奇襲の成功を傍受するまではレーダーを停止し、航空隊が空母サラトガに接近している旨を報告した時にレーダーを作動させ、航法の計測値の誤差を空母側で修正した。

　以降は無線通信による連絡が重要なので、再びレーダーは止められた。

　すべては航空隊の安全と、ラムゼー艦長の「可能な限りこちらから電波は出さない」という方針からきていた。

　作戦は順調に進み、通信員によればラバウルからは平文で敵襲を報じる緊急電さえ出ていたらしい。さすがに緊急電の内容では、どれだけの損害が出たのかはわからない。平文で通信を送っているような状況の相手が、冷静な被害状況を報告するわけもないからだ。

通信は磐手市の第四艦隊司令部や連合艦隊司令部にも送られたらしい。米太平洋艦隊の情報部は大喜びだろう。

あとで冷静になった第八艦隊から暗号文が起草され、送信されるわけだが、大量の平文と比較すれば、部隊の識別コードなどを解読する資料となるからだ。

そこまでを予想しての作戦ではなかったが、想定外の収穫と言えるだろう。

敵襲もないはずなので、着艦作業では空母と空母に航空隊を誘導するための駆逐艦も照明を灯す。本来の任務である磐手基地攻略を前に、ここでSBD急降下爆撃機を一機でも失うのは惜しい。

緊急電の状況では、ラバウルから飛行機は飛んでこないだろうし、飛んできた頃には収容は終わって、空母も移動を終えている。

「明日の攻撃には間に合いそうだな」

9

「本当に空母だな」

丸川潜水艦長は哨戒長である津崎から報告を受け、司令塔に上がった。そこには確かに空母の姿がある。

それればかりか、空母の二キロほど後方には照明を灯した駆逐艦の姿もあった。

それはラバウルを空襲したという敵空母部隊らしい。こんな時間に灯火管制もしていないのは、出撃した攻撃機を収容しているためだろう。

「ここから出撃したのか……」

丸川潜水艦長には、それは意外だった。敵空母はもっとラバウルに近い場所に進出していると思っていたためだ。米軍機の航続力はあいにくと知らないが、それでも十分余裕がある距離ではないのは確かだろう。

逆に、遭遇するだろうと思っていた船団の姿はない。もっとも、この闇夜では近くにいても発見は難しいかもしれないが。

「聴音員がかすかな推進機音を察知したので、こちらに向かったのですが、まさか空母とは」

「しかし、なぜここにいる」

とりあえず丸川潜水艦長は、レキシントン級空母発見を第八艦隊に通報した。


順当な流れでは第四艦隊司令部に報告すべきなのだが、ラバウルから反撃するなら迅速に準備をすべきだろう。第四艦隊司令部経由では、どうしても時間がかかる。

しかし、彼の配慮は裏目に出た。呂号三七潜水艦がラバウルの混乱状況を知らなかったのが最大の理由であるが、ラバウルの通信基地は混乱状態にあった。

優先すべき通信の処理に追われており、それさえも遅れていた。だから第四艦隊傘下の潜水艦の通信など、後まわしにされたのだ。もっとも最優先で受信されたとしても、状況に大きな変化はなかっただろうが。

「おそらく船団も、この近くにいるだろう。もしラバウルを攻略しようとしているなら、航空隊は潰さねばならん。そして敵船団が発見されたとなれば、夜明け前にラバウルの航空隊を叩いておかねば夜明けとともに反撃される。

距離は遠いが、今夜中に仕掛けなければならず、上陸作戦を続けるなら、ほかに選択肢はない。

もし船団が発見されていなければ、敵空母は今夜ではなく、明日の夜に攻撃を仕掛けていたはずだ」

「なるほど。それで？」

「もちろん攻撃する。船団は見えないが、空母を失えば上陸作戦は不可能だ。いまどき制空権なしで部隊を上陸させようとする馬鹿もおるまいて」

呂号三七潜水艦は急速潜航すると、ゆっくりと接近する。

空母は帰還機の収容のため、一定速度で直進している。しかも深夜に照明までつけている。雷撃してくださいと言わんばかりだ。

ただ丸川潜水艦長は、空母の照明のシルエットに完璧な灯火管制を行っている駆逐艦の姿も認めていた。

直感的に、この駆逐艦こそがもっとも危険であるのはわかった。しかもこの駆逐艦は、呂号と空母の間を移動している。空母に接近すれば、この駆逐艦とひと当てやらねばならないかもしれない。

「水雷長、あの駆逐艦がどうも気に入らん。ここから雷撃は可能か」

津崎水雷長は、すぐに丸川の意図を理解した。彼もまた、あの駆逐艦に危険な匂いを感じていたのだろう。

「四本全部使えば、一本は命中するでしょう」

「それでいい。空母がいなくなれば、ラバウルへの上陸作戦は頓挫する」

こうして雷撃準備が始まる。電池魚雷の充電液が確認され、敵の位置関係が調整される。急がねばならないのは、艦載機の収容作業が続いている間に雷撃を仕掛けねばならないからだ。

四本の魚雷は角度を持たせて放たれる。発射管に注水が行われた。遠距離で夜間であり、丸川はあえて浮上したままの雷撃を行う。そのほうが正確に雷撃できる。

「放て！」

丸川の指示で津崎が雷撃を命令する。順番に四本が放たれるが、発射管からのかすかな泡以外は魚雷の航跡を示すものは何もない。

「急速潜航！」

丸川潜水艦長は、ここではじめて急速潜航を命じた。深度は八〇メートル。安全潜航深度の最大値だ。

その間も時計員が雷撃までの時間を計測する。

「命中、いま！」

時計員がそう報告した時、一つの爆発音が潜水艦に響く。残念ながら、爆発音は一つだけだ。

丸川は、一度は空母から離れる方向で水中移動を行う。例の駆逐艦が急速に接近し、爆雷を投下する。

ただ、空母を遠距離から雷撃するとは考えなかったらしく、爆雷が投下された場所は呂号三七潜水艦よりずっと空母寄りだった。

爆雷の擾乱《じょうらん》で水中音響がつかめなくなったのだろう。敵駆逐艦の動きはだんだんと迷走を始めた。

おそらく、もっと駆逐艦がいれば違ったのだろうが、現時点で対潜警戒に動けるのは一隻だけだったらしい。

駆逐艦が十分に離れてから丸川潜水艦長は潜望鏡深度まで浮上し、空母を見る。

雷撃により空母は炎上していたが、致命傷に至らないのはわかった。それでも戦線離脱は避けられまい。

さらに十分に距離をおいてから、丸川潜水艦長は第四艦隊と第八艦隊に事の詳細を報告する。

丸川は空母にとどめを刺すことも考えたが、なぜか第八艦隊司令部より、船団の捜索が命じられる。

この時、第四艦隊司令部からは何も指示が出なかったため、丸川は艦隊司令部同士で話がついているものと判断した。

のちに、これは第八艦隊が勝手に出した命令であることが明らかになるが、その時点ではいまさら空母追跡など思いもよらなかった。ともかく潜水艦は敵船団捜索に向かった。

第3章　空母部隊

1

空母サラトガのラムゼー艦長にとって、その雷撃は青天の霹靂《へきれき》だった。近海に潜水艦がいるという兆候さえなかったのだ。

雷撃は一発だった。それによる浸水のため、SBD急降下爆撃機の着艦は中止された。

しかし、着陸途中のSBD急降下爆撃機には間に合わず、それは雷撃による衝撃を受けた空母に悪い角度でタイヤが接触し、大きく飛行甲板上を旋回しながら海中に衝突した。

乗員はかろうじて無事だったが、後続機の着艦は中断した。空母サラトガは大量の浸水を隔壁閉鎖で対応し、さらに注排水装置により、なんとか水平を維持することができた。

これにより着艦作業は再開されたが、水平維持のための作業時間は無視できず、最後の一機は着艦前に燃料切れで着水を余儀なくされた。

結果的に雷撃により二機のSBD急降下爆撃機が失われた。そして、駆逐艦二隻は敵潜を求めて周辺を捜索したが、たった二隻ではできることは限られる。

結局、駆逐艦は敵潜を撃沈できないで終わった。

雷撃で空母サラトガが沈没する可能性はなかったが、機関部に損傷を受けたことや浸水による重量過多で、速力は二〇ノット程度にまで低下した。どう計算してもレキシントンと合流して磐手市を攻撃することはできなかった。

なるほど、空母にはカタパルトが装備されているが、それとて一定の速力がなければ効果的な発艦はできない。

それよりも重要なのは、低速の空母がここにいると敵襲を受けるということだ。ラバウルは混乱しているが、飛行基地は攻撃していない。

彼らが冷静さを取り戻して、自分たちを攻撃しようと殺到することは多少の想像力があればわかる。

もっとも、この状況は悪いことばかりではない。

「我々はこれより真珠湾に向かう。ただし敵襲に備えて、戦闘機隊は準備を整える必要がある。

我々が真珠湾に向かうなら、ラバウルの航空隊は、我々だけに目を向けることになる。ならばレキシントンは自由に行動できるだろう。さらに我々が撤退したと考えるなら、船団の安全も図られる」

ラムゼー艦長の意見は、乗員たちにも支持された。彼は米太平洋艦隊司令部にもこの意見を述べ、了承された。彼の意見にしたがえば、ともかく磐手市攻略は実現できるからだ。

一方で、任務部隊のフレッチャー長官とレキシントンのテッド・シャーマン艦長、さらにバンデクリフト少将とターナー少将にとって、空母サラトガの脱落は予想外の展開であった。

ただし、三者三様で受け取り方は違う。バンデクリフト少将とターナー少将にとっては、ラバウル空襲が成功し、敵の関心が船団から逸れたことが重要だった。

それに対して空母部隊のフレッチャー長官とシャーマン艦長は、難しい対応を迫られた。航空戦力が半減した以上、失敗は許されない。

ただ通信班によると、ラバウル攻撃の成功により、日本軍はそちらに傾注しているらしい。未明に上陸作戦を実行することは可能だろう。

否、上陸作戦を実行するとすれば、ラバウルが混乱しているいましかない。未明の上陸しかないのだ。

「戦闘機隊も爆装し、第一陣で敵航空隊を無力化する。その上で第二陣により戦果を拡大。帰還した第一陣により第三陣を編成し、攻撃を加える。

ほかのものには手を出さず、徹底して敵の航空戦力を叩く。初段はこれが重要です。この原則を守るなら、レキシントンだけで作戦は支えられるでしょう」

本当にシャーマン艦長の言うようにうまくいくのか。フレッチャー長官に疑念がないわけではない。しかし、成功の可能性が少なからずあるからには実行しないという選択肢はない。

「よし、それでいくか」

フレッチャー長官は決断した。

2

ラバウルの第八艦隊司令部は消火活動なども終

わり、状況がだいぶ見えてきた。

まず各航空隊の被害はなかった。陸攻隊や戦闘機隊に対する攻撃はない。敵襲はすべてラバウル市街に集中している。

このじじつは、例えば第四艦隊司令部なり連合艦隊司令部なら、もっと客観的に判断できたかもしれない。

つまり、航空基地には攻撃を仕掛けず、ラバウル市街に攻撃を集中したのは、陽動作戦の可能性もあるのではないか？　そうした視点を持ったはずだ。

だが深夜に爆撃を受け、街のあちこちで火災が起きたという経験をしたばかりの第八艦隊司令部の受け取り方は違っていた。

「これは艦隊司令部の、いや司令長官の暗殺と考えるべきだろう」

神《かみ》首席参謀がそう述べたが、三川司令長官をはじめ、それを否定するものはいない。

じっさいに陸上の艦隊司令部施設が爆撃を受け、参謀長が重傷を負ったほか、通信施設などでも多数の死傷者を出していた。

艦隊司令部の視点では、自分たちをピンポイントで狙ったとしか思えない。

「敵部隊はラバウルの航空施設を可能な限り無傷で手に入れようとしている。ラバウルに部隊を上陸させ、飛行場を占領した後に空母部隊が基地に移動するのである。そうして周辺の制空権を確保するのだ！」

神参謀は熱く論じるが、異議を唱えるものはいない。なぜなら日本軍の第一段作戦では、飛行場の確保と即時の航空隊進出は何度も行われてきたからだ。

マレー作戦のコタバル上陸などがその典型だ。そうした日本軍から見れば、飛行場を攻撃しないのは、可能な限り無傷で手に入れるためという解釈は自然なものだった。

「敵はそのために、司令部のみを選択的に破壊しようとした。幸いにもそれは完全には成功しなかったが、参謀長など重傷を負ったものもいる」

「だとすれば、敵はかなり投機的な作戦を行ったのでは？」

参謀の一人が疑問を述べたが、神参謀はひるまない。

「投機的な作戦しか、いまの米海軍はできんのだ。力技で押し切るような作戦はできない。だから司令部を選択的に攻撃し、指揮系統を破壊してから上陸を敢行するという作戦になるのだ。

だが、敵は賭けに負けた。我々は健在であり、航空隊は無傷だ。その上、敵は潜水艦により空母も戦線離脱した。状況は我らに有利だ」

「それでどうするのだ、首席参謀」

三川司令長官がはじめて口を開く。

「航空隊も無事なら、我々も無事です。ただちに陸攻隊を出撃させ、周辺海域を捜索します。

敵軍が常道にしたがい、未明の上陸を目論んでいるならば、敵船団は近海まで接近しているはずです。夜間でも探し出すのは容易《たやす》いはずです。

仮に敵がいないとすれば、少なくとも未明の上陸はない。より広範囲な索敵が可能であります。

ただ小職の意見を言うならば、敵は空母が撤退した時点で反転しているでしょう。いかに投機的な作戦を強いられるとしても、米軍も空母なしでの上陸はしないはずです」

神参謀の意見は意見として、陸攻隊に夜間出動の命令が下る。敵船団を発見し、攻撃しろという命令である。相手は商船が中心ということで、出撃機はすべて爆装する。

こうしてラバウルから、総計四八機の陸攻が深夜にもかかわらず出撃した。

だが当然のことながら、一機として敵船団を発見した陸攻はない。

「敵船団は撤退した模様」

第八艦隊からそうした報告が連合艦隊と第四艦隊になされた。

3

海兵隊のバンデクリフト少将と護衛艦隊のターナー少将は、フレッチャー長官から状況説明と作戦続行の報告を受け取った。

しかし、経過についての説明はないため、空母サラトガの陽動作戦が成功した程度のことしか状況を把握していなかった。

ともかく船団は遅れを取り戻すべく磐手市に向かっていたが、偵察機による発見と針路変更の結果、当初の上陸計画より少なくとも二時間遅れることが明らかになった。つまり、未明とともに上陸は不可能で、完全に夜が明けてからの上陸となる。

制空権さえ確保できていれば、大きな問題とはならないが、ミスは許されない厳しさもある。さらにターナー少将麾下《きか》の艦艇部隊もまた西島、東島の砲台を確実に潰す必要がある。

勝てる材料のある作戦だが、失敗は許されない。それもこれも飛行艇一機が引き起こしたことだ。

幸いにも貨客船ボイシのレーダーは敵影を捉えていない。潜水艦が活動している様子もない。空母と異なりボイシのレーダーは無線通信と干渉することもないので、稼働し続けていた。

「もうじき、レキシントンが動き出すか」

バンデクリフト少将もターナー少将もブリッジの時計を見ながら、そうつぶやいていた。

4

「敵船団を発見せずか」

井上成美第四艦隊司令長官は、第八艦隊司令部の報告を受け取ると、まず時計を見た。

「早すぎるな」

「何がでしょうか、長官」

田村参謀長に井上長官は言う。

「ラバウルから索敵機を飛ばし、敵影なしと報告するまでの時間だ。練度が高く報告が迅速としても、襲撃された時間を考えるなら、索敵は珊瑚海まではとうてい行われておらず、ラバウル近海にとどまっているとしか考えられん。

つまり、これでわかるのはラバウルの近海にはいないというだけで、磐手周辺に敵船団がいないことを意味しないだろう」

「ですが長官、敵レキシントン級空母は雷撃により戦線を離脱しています。船団も行動をともにしているのでは？」

「かもしれん。しかし、敵がラバウルをたった一隻の空母で奇襲攻撃をかけてきたというのが、どうも気に入らん。

嫌がらせ的な心理攻撃なら空母一隻でもわかる。しかし、ラバウル攻略のための制空権を確保するのが目的なら、米海軍の戦力が足りないとはいえ、空母二隻は投入するのではないか？

船団が存在し、それが空母と連携しているなら、一隻ということはないはずだ」

田村参謀長も井上長官が問題としていることを理解した。そして、そこに厄介な問題が含まれていることも。

「選択肢は二つ。一つは、敵船団は撤退した。もう一つは、敵船団はこの磐手市を目指している」

「そうだ、参謀長。敵が攻撃を仕掛けるなら、未明に上陸を開始するはずだ。ならば我々はその前に敵船団を発見し、攻撃をかける必要がある」

山田司令官は望月隊長に未明の出撃を準備させていた。望月が一式九機と九六式一八機の総計二七機の陸攻の指揮を執る。艦攻一八機は別に出動する。

さすがに陸攻と艦攻では機体性能が違いすぎるので、一つの部隊では動かせない。

陸攻や艦攻が出撃準備をしているなかで、それらに先行して大沼少佐の飛行艇隊は、四機すべてが出撃していた。木村大尉たちの飛行艇には、いささか負担を強いる出撃だったが、当事者たちは苦労などとは思っていない。

　むしろ木村大尉は、自分たちが最初に発見した船団だからこそ、自分たちが再び発見しなければならないと士気が高い。

　じっさい、あれから起きたさまざまな事件はすべて彼らの船団発見が原因だ。さすがに木村も、そこまで俯瞰《ふかん》した視点からは理解していなかったが。

「どう接近します?」

　ほかの飛行艇と違って、木村機は敵が探知機を有しているという前提を搭乗員全員が共有していた。これはあの時、敵と相対した自分たちにしかわかるまい。

「幾何学的なことを考えるなら、低空で接近するしかなかろう」

　木村大尉はそう言って、部下たちの前で紙に図を書く。

「地球は丸いからな。赤外線は直進するから、低空で接近すれば敵に気取られることはあるまい」

「ですが機長、低高度では捜索範囲が狭くなりませんか」

「狭くなる。ただし夜間の索敵だ。遠くまで見通すことはそもそも無理だ。それに、どこにいるのかわからない敵を探すのではなく、こちらに向かってくる相手なら、捜索範囲は限られる。低空でも障害にはなるまい」

「しかし、本当に船団は来るのでしょうか?」

「わからんな」

木村は率直にそれを認める。

「ただ、敵が本当に迫っているならば、我々の索敵の目を逃れることはできない。敵が来るなら発見できる。逆に、あの船団が逃げたのなら、それはそれでめでたいことじゃないか！」

こうして木村たちの飛行艇も出撃していた。陸攻隊も出撃するが飛行艇隊の報告は通信隊を介さずに直接、陸攻隊や艦攻隊に通報することで、すり合わせができていた。

木村機はもっとも遭遇確率の高い航路を飛行することになっていた。井上とて状況から攻撃が近いと考えているだけであり、攻撃に確信を持っているわけではない。

だから一番敵が来そうな航路を、もっとも技量の高いものが捜索すれば、船団がいれば確実に発見できる。発見できなければ、船団は来ないと結論できよう。

木村機もそうした周囲の期待の大きさは感じていた。だからこそ、全員が周辺への気配りを怠らない。

飛行艇は爆装していたが、それもまた見敵必殺の意思表示と、貨物船の一隻に命中させて火災でも起こせば、本隊が到達する時の目印になるとの判断からだ。

とは言え、じっさいどうなるかはなってみなければわからない。

木村は貨物船の速度と、未明に上陸する場合のことを考えて、船団がいそうな場所を目指していたが船団の姿はない。

「おかしいな。いるとすれば、このへんだが」

それに対して航法員が後ろから言う。

「敵船団が一度、我々を回避して元の航路に戻るとすれば、もっと沖合じゃないでしょうか？

未明の上陸を優先するならこのへんにいるはずですが、それを諦めてあえて明るくなってから上陸するなら、敵船団はまだ先でしょう」

「真っ昼間に上陸するってのか」

「敵に空母がいるなら、明るいほうが戦いやすくありませんか？」

「敵に空母がか……なるほどな」

航法員の指摘は木村にも納得できるものだった。

「よし、少し足を延ばしてみるか」

5

磐手市に接近すればするほど、バンデクリフト少将の不安は大きくなった。

作戦はおおむね順調に進んではいるが、それであればあるほど、明るいなかでの上陸作戦が不安になってくるのだ。

空母サラトガは撤退し、空母戦力はレキシントン一隻。これで未明に敵航空隊を奇襲し、壊滅させるという。それで制空権を確保する。

それはいい。問題は、やはり西島と東島の砲台だ。これは巡洋艦部隊が砲火力で潰すという。

しかし、砲台が戦闘を続けている渦中に上陸を行うのは危険すぎる。

そもそも巡洋艦から攻撃を受けた砲台が、巡洋艦に反撃するという保証はない。巡洋艦の攻撃を受けながら、海兵隊の上陸を阻止する方向に向かうことも考えられる。

それに情報不足と言われればそれまでだが、磐手市の砲台のすべてがわかっているわけではない。三連装一五センチ砲が東西合わせて四門ある。それは明らかだが、ほかに小口径の火砲があるのか、あるとしてどれくらいかははっきりしない。

ターナー少将は、そんなものは巡洋艦の火力で鎧袖一触《がいしゅういっしょく》と考えているらしい。それは一面の真理であろう。

ただし、軍艦の世界では吹けば飛ぶような七〇ミリ砲でも、海兵隊員を乗せた舟艇に対しては恐るべき兵器となる。七〇ミリが三七ミリでも同様だ。

いずれにせよ、制空権が確保され、砲台も制圧されよう。問題はそれまでの間に、どれだけ海兵隊員の血が流されるのか。バンデクリフト少将にとって、それがなによりも懸念される問題だった。

「レーダーには敵影はないか」

「敵影はありません」

バンデクリフト少将が定期的にレーダー室に電話を入れるのも、この不安があるからだ。

成功する可能性のある作戦なのは確かだが、その成功のためには、緻密な作戦のいくつもの前提条件が成立する必要がある。一つの条件が狂うだけで、作戦は頓挫しかねない。

「前方から何か来ます！」

見張員の声がしたのは、そんなことを考えている時だった。

「何かとはなにか！　もっとまともに報告しろ！」

船長が怒鳴ると伝声管から返事が来る。

「正体不明だから、何かなんです！」

船長もバンデクリフト少将もブリッジ脇のウイングに出る。

「あれか」

それは確かに正体不明だ。おそらく海面からの高さは一〇メートルほど。つまり、船舶のブリッジのあたりか。そこに何かが光っている。光は間欠的で電灯ではなく、強いて言えばエンジンの爆炎か？

空を見上げるような高さなら、飛行機と言えるのだが、夜間に高度一〇メートル以下で海面を飛行するような非常識な飛行機などあるはずがない。

ブリッジ内は、ざわついていた。海の化け物とつぶやくものさえいる。

怪しい光は動いているようだが、遅いのか速いのかもはっきりしない。

「蜃気楼のような現象でしょうか」

船長の説も、バンデクリフト少将には違うように思われたが、海の怪物と言わないだけ、彼の冷静さが感じられた。この状況ではありがたいことだ。

「セントエルモの火のような現象ではないか」

果たしてそうなのかどうか、わからなかった。それよりもバンデクリフト少将には、乗員や部下たちがこんなことに動揺していることのほうが気になった。

それは部下たちの不安の反映ではないのか?

そして、彼自身もそうした動揺を抑えきれていない。なぜなら彼自身が、作戦の成功に確信を抱けないためだ。

おぼろな光は四つあることがわかってきた。常に四つというより、光ったり光らなかったりするところが四つある。風向きの関係か、音は聞こえてこない。

レーダーには特に反応はないという。ただし、あれが飛行機だとしたら、距離が近すぎることもあり、探知は難しいとも言われた。

「前方より敵機!」

それがわかってからは一瞬だった。

風向きのせいなのか、エンジン音が聞こえ、その四つの光点がはっきりとエンジンの排気炎であることがわかった。

それは飛行艇で、機体の一番下の部分は海面との距離は五メートルもないだろう。そんな低空をそれは飛んできた。動かないように見えたのは、単純に真正面から接近しているためだった。

低速の飛行艇が、こんな超低空を飛んでくるなどとは予想もしていなかった。だから、すべての対応が遅れた。

嘘か本当か、飛行艇の低空具合は対空指揮所からは機体上面が見えたという証言があるほどだった。

敵飛行艇は、自分たちと比較して冷静に飛んでいたらしい。巡洋艦などの護衛部隊を避け、貨物船に接近してきた。

それが意味するところは明白である。

恐るべき低空を飛ぶ飛行艇は、ここで高度を上げた。そして一度、自分らの周囲を旋回してから、単縦陣で進む貨物船団の後方から接近し、爆弾を投下した。

爆弾は小さなもので、それが直撃したから船が沈むというようなものではない。

だが小さい爆弾の数は多い。爆弾を振りまいたような形だ。

夜間であり、理想的な条件では行われていなかった。そのため命中弾は二発だけだった。

ただし、その命中弾で貨物船が火災を起こすには十分であった。

輸送船団には上陸部隊に必要な物資が満載されていた。それは甲板の上を埋め尽くすかのようだった。特に上陸に必要な車両類が多かった。上陸後の輸送などに使うためだ。

その一方で、自動車は可燃物でもあった。そのただ中で爆発した小型爆弾は、貨物船を激しく燃え上がらせた。

それは貨物船にとって、すぐ致命傷になるような火災ではなかったが、容易に消火できるようなものでもなかった。

すぐに駆逐艦が消火活動に赴くが、火勢は弱まっても鎮火には至らない。

「万事休すか……」

バンデクリフト少将は天を仰ぐ。だがターナー少将は違った。

「駆逐艦部隊は船団護衛に残れ。巡洋艦部隊は磐手市に突入する。レキシントンと呼応して、砲台を攻撃する。そうすれば海兵隊が到着した頃には、脅威は排除されている！」

すでにバンデクリフト少将のもとには、空母レキシントンから攻撃隊が出撃したとの報告が届いていた。微妙なバランスの上であるが、自分たちにはまだ勝機はある。

「撤退という選択肢は許されないのか」

炎上する貨物船を見ながら、バンデクリフト少将はそう思った。


空母レキシントンの攻撃隊は、ＳＢＤ急降下爆撃機とＴＢＤデヴァステイターのみの五〇機だった。Ｆ４Ｆ戦闘機隊は空母の護衛のために残る。

夜間であるから、戦闘機がなくとも迎撃戦闘はないという読みである。

当然ながら、すべての攻撃機が爆装している。

ＴＢＤデヴァステイターまで投入するのは、それだけ攻撃力を上げたいからだ。ＴＢＤデヴァステイターはすべてが一〇〇〇ポンド爆弾一二発を搭載することとし、航空基地を面として破壊することに傾注していた。

この点では、一〇〇〇ポンド爆弾と五〇〇ポンド爆弾を中心とするＳＢＤ急降下爆撃機隊とは異なっていた。こちらは基地施設の精密爆撃を意図していたため、大型爆弾での確実な破壊を狙っていたのだ。

「船団が敵機に発見されたそうです」

通信参謀の報告にフレッチャー長官は、かろうじて動揺したことを表情に出さずにすんだ。

偵察機が報告すると、日本軍機はどう出るか？

「長官、これはチャンスかもしれません」

ほかの幕僚が蒼白な表情のなかで、航空参謀だけが違っていた。

「何がチャンスなのだ、航空参謀」

「いま敵は出撃準備を始めています。夜間出撃するか、夜明けとともに出撃するかはわかりませんが、早くても一時間はかかるでしょう。

ならばいま攻撃を仕掛ければ、敵軍を確実に地上撃破できます。燃料と爆弾を満載した敵機を地上で撃破できるのです！」

その発言はフレッチャーや周囲の人間の迷いを一瞬で消し去った。

「つまり、我々の作戦に変更は不要なのだな」

フレッチャーはある部分で皮肉を感じた。日本軍は磐手市を守るために索敵機を出しながら、まさにその索敵機のために自分たちの航空戦力を失うことになるのだ。

ただ彼は、この状況を自分の実力と考えるほど馬鹿でもない。すべては幸運の産物なのだ。

こうして空母レキシントンから五〇機の攻撃隊が出撃する。ブナの沖合から山脈を横断して、磐手市に出るのだ。

この方向からの攻撃は予想もしていないのか、偵察機も迎撃機も現れない。山脈を越えた頃に、空も薄明るくなってきた。海と陸地の境界線が見えてくる。

しばらくすると、ジャングルの中に都市が現れる。磐手市だ。

「各隊は敵航空基地を攻撃せよ！」

隊長機の命令とともに攻撃隊は三隊に分かれ、それぞれの担当する滑走路へと向かう。

だが、攻撃隊はそこで驚愕の光景を見た。

自分たちの接近で戦闘機隊が離陸を始めるのは、まだわかる。その程度のことは想定内だ。問題は大型爆撃機の姿が一機もないことだ。

「逃げられたか！」

攻撃隊の第一印象はそれだった。彼らには、自分たちよりも先に日本軍が仕掛けてきたという事態が納得できなかったのだ。

むろん、すぐに船団が危ないことには気がついたが、現状では自分たちには何もできない。

ともかく彼らは滑走路の攻撃に集中した。敵部隊が帰還しても着陸できないようにするためだ。それで敵部隊は壊滅できる。

しかしながら、攻撃は思ったほど順調ではなかった。まず直衛に飛んでいた戦闘機が存在したこと。さらに、迎撃戦闘のために離陸できた戦闘機が何機かいたことが、攻撃隊の計算を狂わせた。

この時、攻撃隊で実際に日本海軍航空隊の戦闘機と戦った経験のある人間は、ほぼいなかった。

だから彼らは零戦や九六式艦戦を、自分たちの戦闘機より劣ると思っていた。結果として、爆撃前に複数のＳＢＤ急降下爆撃機がジャングル上空で撃墜された。

日本軍機は、井上の航空本部長時代の経験もあって、信頼できる航空無線機を搭載していた。航空機を効率的に使うには、無線機による地上や艦隊との密接な連絡が不可欠との考えからだ。

そのため迎撃隊は二つの方針を立てていた。それは、陸攻隊が使う二番飛行場だけを無傷で守るということ。もう一つは、可能な限り迎撃の零戦隊の出動を支援する。

戦闘機がより多く上がれば、基地の防衛はより完璧になる。そうすれば二番飛行場も守れる。

レキシントンの航空隊にしてみれば、奇襲により慌てふためいて飛び立つ日本軍戦闘機隊が、そんな打ち合わせを終えていたとは思いもしなかった。

一つには、三番飛行場などを攻撃している攻撃隊は、なんらの抵抗も受けず、一番飛行場の攻撃隊も戦闘機の離陸こそ不本意にも許したが、爆撃だけは終えていたからだ。

だが二番飛行場さえ無傷なら、陸攻も戦闘機もそこを使えば作戦可能だ。

レキシントンの航空隊の中には、そのことに気がつきかけた飛行機もあった。しかし、それらの攻撃機も、まず自分に与えられた任務を実行することが優先され、ほかのチームが担当するはずの二番飛行場のことまで手はまわらない。

なによりも第二次攻撃を急がねばならないため、爆弾投下を終えたらすぐに攻撃機はレキシントンへと戻った。戦闘機隊もまた、そうして逃げていく攻撃機の追跡はあえて行わなかった。

それでも二番飛行場には小型爆弾の投下がなされたが、その攻撃機は撃墜され、爆弾もまた滑走路ではなく誘導路と掩体に命中したため、滑走路そのものは無事であった。

ともかく空母レキシントンの第一次攻撃隊は、こうして作戦を終えた。

バンデクリフト少将とターナー少将は、フレッチャー長官より攻撃隊が発進し、それらは出撃準備中の日本軍機を一掃するはずだとの報告を受けていた。

この報告の受け止め方は、バンデクリフト少将とターナー少将で異なっていた。

巡洋艦部隊を突入させるべく前進しているターナー少将には、自分たちの作戦が成功する報告に思えた。日本軍機が全滅するならば、巡洋艦部隊の接近に怖いものはない。

対するバンデクリフト少将は、本当に敵部隊を全滅できるのかという点に、まだ懐疑的だった。懐疑的というより、すべての条件が満たされないと成功しない作戦への不安がより正確だろう。

しかし、ターナー少将の部隊も前進し、レキシントンは攻撃を開始し、日本軍が船団を発見した以上、もはや作戦中止という選択肢はない。何が待っていても前進するしかないのだ。

ところが、事態は自分たちが思っている以上に進んでいることを、彼は知ることになる。

まず、ターナー少将の部隊から緊急電が届く。巡洋艦のレーダーが敵編隊の接近を察知したというのだ。

ターナー部隊は敵に発見されないことと、砲台の攻撃を優先した航路を航行していたため、夜間に敵編隊を目視できなかった。さらに、最初にそれをレーダーで発見した時、空母レキシントンの攻撃隊と誤認したという。

方向が違うことで誤認はすぐ明らかにはなったが、そのため貴重な数分を失うこととなった。ターナー部隊がこのことをフレッチャー長官に報告した頃には、レキシントン隊はすでに攻撃に入っていたからだ。

それからほどなく、今度はボイシのレーダーが敵編隊の姿を捉えた。

二〇隻の貨物船のうち、一隻は炎上中だ。それは分離して駆逐艦一隻が面倒をみているが、これにより護衛戦力は駆逐艦五隻となる。

炎上貨物船と本隊はかなり離れていたのではあるが、敵航空隊には誘蛾灯のように作用した。そして、炎上貨物船と敵編隊を結ぶ直線上に自分たちは位置していた。

レーダーが自分たちと敵編隊が接触したことを知らせた時、船団上空が照明弾で明るく照らされる。

夜間爆撃であったが、日本軍機の爆撃は正確だった。彼らは一度、船団をやり過ごし、そして後方から迫ってきた。

照明弾の動きや煙から、彼らは偏流を読み取っていた。補正して照準器を調整する。

二七機の陸攻による夜間爆撃の命中率は結果的には三〇パーセント程度であったが、九隻の貨物船と駆逐艦一隻が爆弾の直撃を受け、炎上し始めた。

バンデクリフト少将は、作戦の成功には多くの幸運が必要だとわかっていた。そしてその幸運は、もう得られないことは明らかだった。

しかし、彼はむしろそのことで腹をくくった。完璧が望めないのであれば、次善の策をとる。そのためには鬼にでも悪魔にでもなる。

「損傷船舶は後方に下がれ。ほかの艦船は作戦を続行する」

それはなんでもないような命令だが、意味は違った。

まだ夜である。敵が第二波を送ってくるなら、燃え盛る彼らを狙うだろう。彼らが敵の攻撃を吸収してくれるなら、無傷の本隊は無事である。

それが彼の考えだった。後方に下がってよいというのも、それだけを耳にすれば妥当に思えるが、炎上する貨物船がどれほどの速度を出せるというのか。

ただ、彼らを救えないのは、冷静に考えればわかることだ。救う戦力はない。レキシントンなら救えるかもしれないが、彼らの航空隊は自分たちを守るためにこそ必要だ。

そして、バンデクリフト少将の考えは的中する。

さすがに航路は少し変更したが、分離した損傷船団に敵航空隊が向かっているとの報告がレーダー室からなされた。

それらは一八機の艦攻だったが、そこまではバンデクリフト少将にもわからない。わかるのは、狙われているのが自分たちではないということだけだ。

果たして敵航空隊が何を考えたかはわからない。騙されたと怒るのか、敵は敵と攻撃を続けるのか。いずれにせよ、両者は接触する。

「攻撃したか」

バンデクリフト少将はウイングに立って、分離した船団のほうを見る。すでに炎が点としか見えなかった船団が、いまは水平線を赤く染めるほど燃えていた。

バンデクリフト少将はその光景に、攻撃された船団へ何か言葉を送ろうかと思った。だが、やめる。どんな言葉を向けたところで、それは偽善でしかないことは明らかだからだ。

「恨むなら、日本軍を恨みたまえ」

そう、ここまできたら、自分は非情な指揮官として結果を出すだけだ。彼はそう決めた。迷いはもうない。

6

磐手基地から出撃した艦攻隊一八機は、陸攻隊が船団を襲撃したという報告を受けた。そして彼らが船団と接触したであろう方位に、炎上する船舶の姿を認めた。一隻二隻ではなく、複数の船舶がいるらしい。

艦攻隊の指揮官は、その炎上する敵船団への突入を命じた。ほかの船舶もそこにいると考えたからだ。逃げた船舶があるとしても、救援にあたる船もあるはずで、自分たちでほぼ敵船団は壊滅できるだろうと考えた。

しかし、その考えが間違っていたことを、彼は目の当たりにする。

「無傷の船舶がいない⁉」

それは予想外の光景だった。炎上している貨物船は一〇隻。もはや救えそうにない船もあるが、救えそうな船もある。

ただ、手遅れの船にはもちろん、救えそうな船に対しても手を差し伸べる船はない。

炎上する船舶が映し出すのは、すでに傾きかけた貨物船から脱出する乗員たちと、それを乗せたボートだけだ。

艦攻隊の指揮官は迷った。自分たちは何を攻撃すべきなのか？　そもそも攻撃を実行すべきなのか？

それは難しい問題であったが、艦攻隊の指揮官は、まだ救えそうな貨物船への攻撃を隷下の部隊に命じた。それは海上を漂う船員たちを攻撃するなという意味でもある。

彼らは、やっと火災を鎮火した駆逐艦により救助され始めていた。だから指揮官はそれに対する攻撃もやめさせていた。

攻撃対象は貨物船のみ。それが現実的な選択だろうし、攻撃対象の選択肢を考えればほかにない。

彼らは軍人として敵の意図を挫くためにやってきた。だから攻撃しないという選択肢はないのだ。

とは言え、艦攻の搭乗員たちにとって、それは決して後味のよい攻撃ではなかった。意図して爆弾を外した人間はいなかったが、必殺必中の決意で攻撃できる相手でもない。

一〇隻中の五隻に爆弾が命中し、それらは爆弾一発でも致命傷になった。すでに救えないほど火災が起きていた貨物船のほうが、むしろそれらよりも長く浮いていた。

駆逐艦の上には、足の踏み場もないほど船員が救われていた。それでも乗り切れない乗員は、負傷者を優先して駆逐艦に移動させ、耐えられるものは貨物船のカッターに移動させ、駆逐艦が曳航《えいこう》する形となった。

最終的にこれらの船員は、船団や空母部隊に石油を補給するための補給隊の船舶が急行し、それらに移動したのち、オーストラリアに向かった。

結果的に、この一〇隻の貨物船は遅かれ早かれ沈没し、海兵隊員と機材を失うこととなった。

攻撃を免れた貨物船がより多くの海兵隊員を運んでいたため、海兵隊員の損失は半分ではなく三割にとどまった。

7

「こいつは何を言っているのか！」

一〇隻の貨物船と若干の駆逐艦を伴う上陸部隊は、航路を変更しつつ、磐手市に向かっていた。

レーダーは、日本軍機の第二波が、彼が切り捨てた船団に向かっているとの報告を寄越した。ただし、敵は自分たちには気がついていない。

貨客船ボイシは、攻撃を受けた船団がどうなったかの情報も集めていた。

五隻が沈み、残り五隻も沈没は時間の問題であり、救助者も含め海兵隊員の三割が戦列から離れることとなった。

そうした時にフレッチャー長官より通信が入る。

「作戦続行は可能なりや」

この作戦全般について、軍人として命令にしたがうべきと考えていたバンデクリフト少将にとって、この問い合わせは指揮官としてあり得ないものだ。これはバンデクリフト少将に意見を求めているようでいて、そうではない。

フレッチャー長官は作戦を止めたがっている。だが指揮官として、自分の決断で作戦中止を行うのではなく、「バンデクリフト少将ができないと言うから中止」としたいわけだ。つまり、それは責任転嫁だ。

フレッチャー長官が作戦中止を決意したというなら、バンデクリフト少将はそれにしたがう。当然の判断と思うからだ。すでに兵力は戦う前から三割減っているのだ。

ここでフレッチャー長官が作戦の続行を命じたならば、バンデクリフト少将は反対を主張するつもりだった。奇襲はすでにあり得ず、三割の兵力を失っての要塞攻略など気違い沙汰だ。

しかし、彼は「続行可能なりや」という責任転嫁を意図した質問には、断固としてそれを拒否するつもりだった。

「決断は指揮官が自分の責任で行え！」という意図で「損失は限定的であり、レキシントンと重巡部隊の働きさえあれば、上陸作戦の実行は可能」と返答した。

自分は作戦を続行すると返信した。ここで作戦中止をするのは、フレッチャー長官の責任で行われる決断だ。

どういう判断を下すかわからないが、軍事常識で考えるなら、中止以外には考えにくい。だから中止と言うなら、それにしたがうだけだ。

「最高指揮官が責任転嫁を考えるようでは、この作戦は中止しかあるまい」

8

「作戦は続行できるのだな」

フレッチャー長官は、バンデクリフト少将の返答を通信参謀に確認する。

「はい。損失は限定的であり、レキシントンと重巡部隊の働きさえあれば、上陸作戦の実行は可能だとのことです」

「そうか……」

　少し前までフレッチャー長官は迷っていた。空母部隊の攻撃は、タイミングを逸して敵攻撃機の地上破壊とはいかなかった。滑走路は破壊したので、航空隊は壊滅するだろうが、制空権の確保に成功したとは言いがたい。それらの飛行中は脅威が残る。

　時間が航空脅威を解決してくれるが、問題は重巡洋艦部隊が突入するタイミングだ。それらが西島と東島の砲台を叩き潰してくれなければ、バンデクリフト少将の海兵隊は上陸できない。

　フレッチャー長官にとって最大の誤算は、ラバウルへの奇襲攻撃で敵の目を逸らせたと思っていた矢先に、磐手基地の航空隊から襲撃を受けたことである。

　あるいは、空母サラトガの雷撃がつまずきの石であったのかもしれない。こうした一連の出来事から、フレッチャーは作戦の中止を考えていた。

　冷静に考えてみれば、作戦は偶然に頼りすぎる部分が大きい。そして、幸運の女神が微笑んでくれなければ、作戦は成功しない。すでに作戦はいくつかの点で齟齬《そご》を来している。

　だからフレッチャー長官は、バンデクリフト少将の意見を訊いた。上陸作戦の当事者である彼が、作戦続行は不可能と言うならば、フレッチャーは作戦を中止するつもりだった。

だが、バンデクリフト少将の意見は作戦続行だった。空母部隊と重巡部隊が計画通りに動くなら、海兵隊は前進する。そういうことを彼は言っているのだ。

フレッチャーには、バンデクリフト少将の意図がわからない部分があった。敵の爆撃隊により損傷を負った友軍船舶を護衛なしで分離するなど、海の男として理解しがたい反応だ。日本軍でさえ溺れた米兵を救助するし、逆もまた成り立つ。

もちろん、バンデクリフト少将の采配は非情だが合理的であるし、望ましい対応とは言えないとしても、落ち度を糾弾する類のものではない。

そこまでするというのは、バンデクリフト少将はどんな状況でも海兵隊を投入したいということか？

わからないではない。海兵隊は水陸両用部隊の育成に注力している。ここでせっかくのチャンスを失うわけにはいかない。そういう考えではないか？

さらに彼には軍人として、制空権の確保と砲台の無力化が達成されるなら、作戦は実行できるとの確信があるのだろう。

「第二次攻撃隊は出せるか」

「出せます」

シャーマン艦長は即答する。

「ターナーが作戦位置につけるなら、攻撃は修正した計画通り実行だ」

フレッチャー長官はそう決断した。

9

「我が戦隊は順調に航行中。予定時間には位置につき、作戦実行が可能」

ターナー少将はフレッチャー長官の問いかけに、そう返答した。

彼は空母部隊や海兵隊の状況を把握していた。しかし、敵の飛行場への攻撃は成功し、バンデクリフト少将も前進を続けていることから、作戦中止など考えていなかった。

彼の認識としては、空母が無事で砲台さえ破壊すれば海兵隊の上陸は可能であり、一度、磐手市に突入すれば、勝利は間違いないと思っていた。

市内に敵味方が入り乱れれば、同士討ちを避けるために日本軍は積極的な攻撃に出られない。

それは自分たちも同様であるが、砲台などの水際防衛に傾注した磐手市は、そこを突破されれば弱いだろう。甲羅さえ割れれば、カニは手も足も出ないのと同じことだ。

「各部隊、定時に位置につけ」

それがフレッチャー長官の命令であった。もとよりターナー少将に拒む理由はなかった。

第4章　珊瑚海海戦

1

海軍第六戦隊の五藤存知《ごとうありとも》司令官が磐手市に来航していたのは、インド洋作戦の支援のためにラバウルから移動するなかで、補給や人員の異動があったためだ。

磐手市は中継貿易拠点として南方進出の基盤を構築してきた都市であるため、インド洋方面に精通した人材も多かった。そうした人材の何人かが、庸人として部隊に同行することになった。

また、これに伴い艦を降りた人材もいた。もっとも、これらの人材は元海軍軍人であることも多く、艦を降りたら現役復帰となる予定であった。

そうした状況であったから、第六戦隊は磐手港には寄港していたものの、別に第四艦隊に編組されたわけではなかった。

第四艦隊の最大の軍艦は、相変わらず重巡鳥海である。五藤司令官にとって、鳥海は懐かしい艦であった。数年前まで彼は鳥海の艦長であったためだ。

第四艦隊司令部は第六戦隊司令部を客人として迎えたが、話題はやはり現在の戦況となった。現時点で日本軍は優勢であるが、この状況をいつまで継続できるかなどについて意見交換がなされた。

そうしたなかで軍港としての磐手港の問題も話題にのぼった。軍港としての潜在的な能力の割には、有力艦艇は重巡洋艦鳥海しかなかった。

連合艦隊の有力艦艇はトラック島に進出しているが、磐手市の周辺にはラバウルがあり、連合艦隊司令部としては有力艦艇を分散して、各個撃破されるような事態を避けようとしているらしい。

ただそうであったとしても、日本本土には髀肉《ひにく》の嘆をかこっている軍艦もあり、総力戦時代であるから、最前線の軍港には有力軍艦をもっと配備すべきというのが第四艦隊の言い分であった。

そうしたなかから第四艦隊と第六戦隊の合同訓練の話が出るのは、不思議でもなんでもなく自然なものだった。実戦配備が早急にできないなら、せめて大型軍艦との訓練くらいはやってみようというわけだ。

そうして磐手港を出動したのは、第四艦隊は重巡鳥海、軽巡夕張、第二九駆逐隊の追風、夕凪、朝凪、夕月の駆逐艦四隻と第六戦隊の重巡四隻であった。

訓練は、まずこの一〇隻が一つの部隊として行動できるよう、速力を維持するための機関部の調整や運動性能の確認などであった。これは演習地への移動中に行われた。

第四艦隊内部では同一運動ができるようになっていたので、第六戦隊と足並みを揃えるのは、さほど難しい話ではなかった。

そして本格的な訓練を行おうかという時、重巡鳥海の早川艦長のもとに、演習を中止して磐手港へ戻れという井上司令長官からの命令が届く。

「敵船団が磐手市に接近している可能性がある」

敵船団がどこに向かっているのか、井上長官もこの時点では確信はないらしい。しかし、磐手市に船団が来るからには、それは否応なく上陸作戦となるだろう。

じっさい早川艦長も、米軍の空母部隊が、なんらかの活動をしているという情報は耳にしていた。磐手市は航空要塞だから、空母なしの攻略はあり得ない。

だから空母の策動と船団の発見は、磐手市攻略と考えることに、なんら不自然なところはなかった。

ただ、船団がどこに向かっているかは不明という。ラバウルの可能性もあるらしい。

じっさい深夜にラバウル空襲の報告もあったが、艦隊司令部から命令の変更はない。つまり、船団の目的地がラバウルならば、自分たちが船団攻撃にあずからねばならないからだ。

この状況に第六戦隊の五藤司令官も呼応することになった。それが磐手市にしろラバウルにせよ、脅威が迫っているのはまず間違いないだろう。

ならば磐手市に戻り、敵襲に備えるべきだろう。それが五藤司令官の考えであり、井上司令長官もその申し出を受け入れた。

五藤司令官がラバウルの三川第八艦隊司令長官ではなく、井上第四艦隊司令長官にそれを申し入れたのは、鳥海や夕張との共同作戦となれば、第四艦隊への編組が自然だからだ。

磐手市が攻撃されたら第四艦隊に入るべきだし、

仮にラバウルが敵の攻撃目標だったとしても、救援には鳥海などと赴くことになるから、やはり同じだ。

それと同時に、五藤司令官は敵の攻撃目標はラバウルではなく磐手市ではないかと考えていた。理由は純粋に軍事的なものだった。

船団の存在が知られたという状況で、ラバウルを攻略するとすれば、後続部隊は磐手基地の艦艇や航空機により撃破される。つまり、ラバウルを攻撃すれば、磐手基地により側背を襲われる。

完全な奇襲ならまだしも、挟撃される状況で強襲は仕掛けまい。そうなると、挟撃の心配がない磐手市攻略しか考えられない。

もちろん、ラバウルの可能性も全否定はできない。五藤司令官とて敵軍の全貌を知っているわけではない。

例えばラバウルを陥落させたなら、今度はラバウルと北オーストラリアにより挟撃されるのは磐手市となる。ラバウルを先に陥落させ、トラック島と磐手市の連絡を断つという作戦も案としては否定できない。

ともかく、こうして五隻の重巡と五隻の水雷戦隊は磐手市に向かう。

「敵の出方次第だが、しばらくは磐手港に入らん。敵が来ている時に軍港で敵航空隊と戦うのはうまくないからな」

そうして朝を迎える頃、部隊は磐手市の沖合にまで到達していた。すでに空母レキシントンからの奇襲や磐手基地からの船団攻撃は行われていた。

敵の目標がラバウルではなく、磐手市であるのは明らかだ。ならば、自分たちはどう動くべきか？

「水偵を出せ！」

こうして五隻の重巡洋艦から水偵が発艦した。

2

リッチモンド・ターナー司令官は作戦関係者の中ではある意味において、もっとも楽観的な人物だったかもしれない。というよりも、彼は磐手市攻略のスパンを別の尺度で見ていた。

彼はバンデクリフト少将のように、海兵隊の実力をこの作戦で示すなどということは、そもそも考えていない。

「大作戦の経験がない海兵隊が、今回の作戦で大勝利を得られるはずはない。それより、失敗してもこれで戦闘経験を積んで次に活かすべき」

そういうことを考えていた。さすがにバンデクリフト少将にこの考えを話すほど彼は馬鹿ではなかったが、作戦の成功には懐疑的だった。

成功すれば問題はないわけだが、少なくない幸運が必要なのも事実であり、現状ではその幸運はかなり失われている。なにより船団が発見され、戦力の半数を失ったことは作戦継続にとって最大の障壁だろう。

ただターナー少将は、自身に与えられた任務を遂行する自信はあった。砲台といっても軽巡程度のものであり、重巡四隻なら無力化できよう。

そして、海兵隊の犠牲は読めないとしても、砲台が沈黙しているなら、上陸作戦は可能だ。上陸後のことはわからないにしても、彼らを守る戦力として自分たちは働ける。

「敵機らしき機影を確認しました。数は五機、相互に距離が離れているので、攻撃機ではなく偵察機と思われます」

　レーダー室の報告にもターナー少将は冷静でいられた。敵航空隊を地上破壊できなかったが、滑走路は破壊したと聞いている。だから、これらは水上機だろう。

　実際問題として船団を発見したのは飛行艇であるし、磐手市の飛行機をすべて破壊するのは無理だろう。脅威は排除できても、偵察機程度は残ってしまう。攻撃が夜間に行われたとあれば、なおさらだ。

　ターナー少将は対空戦闘準備を命じたが、それが脅威になるとは考えなかった。

　船団を攻撃した航空隊は磐手基地に戻っていった。それはレーダーで確認できたが、以降、何も飛び立っていない。破壊された滑走路に着陸はしたものの、飛び立つことはできないということだろう。

　まだ磐手市も砲台も射程圏には入っていないが、早晩、攻撃は行われる。その間に水偵の一機が彼らを発見したらしく、やがてしばらくすると複数の水偵が集まってきた。

　ターナー少将も、これには違和感を覚えた。そしてその勘は当たった。

　先頭を進む旗艦オーストラリアの周辺に水柱が立ちのぼる。彼はすぐに、その水柱が一五センチクラスの火砲によるものだとわかった。

あの水偵は砲台の弾着観測機なのだ。これは状況として不利であった。

巡洋艦の一五センチ砲では、射程は二〇センチ砲より二、三キロ短いのが通常だが、高所の一五センチ砲台は二〇センチ砲装備の重巡よりも、やや射程が長いのだ。

砲台は小島の上にベトンを積み重ねて作り上げたので、巡洋艦より高い場所にある。だから最大射程が重巡より長かった。それは数キロの違いに過ぎないと言えばそれまでだが、いまこの状況ではその数キロが大きい。

さらに、弾着観測機で精密な砲撃ができる砲台に対して、ターナー部隊は弾着機さえ飛ばしていない。しかも砲台側は迷彩を施した、張りぼての砲台も作り上げていた。

明るいとはいえ、海面にはまだ朝靄《もや》も漂うなかで、重巡の測距儀はまったく見当違いな砲塔に照準を合わせていた。

さらに彼らが不利なのは、弾着観測機そのものにあった。四隻の巡洋艦も弾着観測機を飛ばしたのだが、驚くべきことに、それは複葉の弾着観測機により撃墜されてしまう。

撃墜したのは零式観測機だった。敵制空権下でも弾着観測を行うという海軍の無理な要求にしたがって開発された機体である。

真珠湾以降、艦隊決戦が起こる可能性はほぼなくなり、零式観測機の活躍場面ももう来ないと思われていた。そのなかでの戦闘である。

零観はそれでも一世代前くらいの戦闘機とは互

角に戦えたから、米海軍の水偵相手では負けるはずもない。そもそも観測機に戦闘機と戦える性能を要求するほうがおかしいのだ。しかし、いまこの場面ではおかしい要求が正解となった。

すでに重巡オーストラリアには命中弾が出ていた。逆に、オーストラリアは発砲もしていない。

ターナー少将はオーストラリアを後退させ、キャンベラを先頭に位置を変えたものの、前進を続ける。こちらは移動しており、相手は固定の砲台だ。

それに一五センチ砲弾で重巡洋艦を廃艦にするには、二四発程度の命中弾が必要なはずであった。すでにオーストラリアには一〇発近い砲弾が命中しているが、ターナー少将は前進を止めない。

砲台といえども、軽巡一隻程度の火力である。それなら重巡部隊で破壊できないはずがない。

じじつ、敵は砲撃をオーストラリアからキャンベラに変えた。四隻すべてを同時に攻撃することは彼らにはできないわけだ。

だが、ターナー少将の楽観もすぐに終わった。まず重巡オーストラリアのレーダーが使用できないとの報告が来る。これは被弾したからには覚悟した部分ではあった。

問題は、僚艦である重巡洋艦シカゴからの報告だった。

「本戦隊に接近中の敵影あり！」

水上艦艇部隊が接近中だという。それはあり得ないはずだ。磐手港の軍艦は昨日の朝、ラバウルに向かったのではないか。

しかもシカゴによると、大型軍艦が多数を占めているという。磐手港の大型軍艦は鳥海一隻ではなかったのか。

その疑念は、砲弾が明かしてくれた。二〇センチ砲弾が、再びオーストラリアの周辺に林立する。

しかも、それはオーストラリアだけでなく、シカゴやキャンベラ、クインシーと重巡のすべてに砲弾が弾着していた。

多すぎると思っていた敵の水偵は、それぞれの重巡から発艦していたらしい。

重巡がいそうな場所はわかったが、それと射撃照準ができるかどうかは話が別だ。

それでも接近しているなら砲戦は可能だが、遠距離射撃では弾着観測機のある日本側が圧倒的に有利だ。

しかしターナー少将は、この状況に絶望していない。彼は二つのことを行った。まず、空母レキシントンへの支援要請である。敵巡洋艦を空から攻撃すれば、自分たちは砲台攻略に専念できる。

もう一つは、部隊に突撃を命じたことだ。アウトレンジだから自分たちが不利であるなら、ここは飛び込んでいくしかない。間合いを詰めれば、弾着機の有無は問題になるまい。

その場合の懸念は、敵巡洋艦豚が間合いを維持するために逃げることだ。そして日本海軍巡洋艦部隊は、確かに間合いを維持するため後方に下がった。

これは当然の判断ではある。戦争は遊びでもスポーツでもない。互いに自分たちが有利になるように動くなら、敵が進めば我は退く。

だがそのなかで、自分たちに向かって突進してくる一群の部隊を彼は認めた。

「嚮導駆逐艦《きょうどう》？」

それは軽巡洋艦夕張が率いる水雷戦隊であったが、甲型駆逐艦より大きいくらいの軽巡洋艦は、ターナー少将には嚮導駆逐艦にしか見えなかった。じっさい、その認識は大きく間違ってはいない。

その水雷戦隊は酸素魚雷を装備せず、空気魚雷しかなかったが、重巡部隊に肉薄していく。

これはターナー少将にとって厄介だった。重巡との砲戦中に水雷戦隊が接近するのだから。

彼は敵にもっとも近いキャンベラに対して、敵の嚮導駆逐艦に砲撃を集中するよう命じた。とりあえず、あの部隊の相手は重巡一隻でいいだろう。

キャンベラは接近してくる夕張に集中砲火を浴びせた。夕張も反撃するが、砲火力の差はいかんともしがたい。夕張はたちまち激しく炎上しはじめた。

だが、夕張と四隻の駆逐艦は雷撃を成功させていた。距離は遠いが数は多い。少なくとも一隻は屠《ほふ》れる計算だった。

その計算は当たった。空気魚雷の航跡が四隻の重巡に向けて延びていき、ついにその一本が重巡洋艦シカゴの艦尾部分に命中した。

重巡シカゴは機関部を破壊され、さらに舵機も作動不能となる。そしてこの重巡に、日本軍の砲弾が降り注いだ。

命中弾は二、三発であったが、被雷した巡洋艦を仕留めるには十分だった。

日本軍水雷戦隊も夕張が大破し後退していったが、ターナー少将はそれを追跡しようとはしない。それよりも敵の重巡と砲台だ。

接近したことで、やっと砲台を直接攻撃できる位置につくことができた。

そして彼は日本軍の重巡ではなく、砲台に砲撃を集中させた。この砲台さえ抜けば、上陸部隊の脅威はなくなる。重巡オーストラリアには、さらに弾着があったが戦闘力はある。

「砲台を攻撃しろ！　敵巡洋艦はレキシントンが仕留めてくれる！」

3

「敵巡洋艦隊を攻撃されたしだと！」

フレッチャー長官にとって、ターナー少将からのその支援要請は二つの点で彼を当惑させた。

一つは、磐手港の軍艦はラバウルに向かっていていないという情報とは食い違っていること。戻ってきたとしても早すぎる。

さらに鳥海一隻ならわかるが、重巡が五隻いるという話だ。どこからそんなものが現れたのか？　とは言え、現実に敵の巡洋艦部隊が現れた以上は対処する必要がある。

問題は、空母はレキシントン一隻だけであり、磐手市攻撃も十分とは言いがたい状況で、攻撃隊をどちらに向けるかという判断であった。

それに対するテッド・シャーマン艦長の意見は明快だった。

「敵航空隊がほぼ壊滅した以上は、磐手市ではなく敵巡洋艦隊こそ攻撃すべきです！」

フレッチャー長官は、その「敵航空隊が全滅した」を作戦の前提としていいのかという点に疑念があった。

　だが、確認する時間がない。敵はいまも戦っている。

「敵艦隊に向けて攻撃隊を出動させろ」

4

　この時、空母レキシントンから出動したのは、SBD急降下爆撃機だけで編成した二〇機の編隊だった。敵航空隊を壊滅したからには、護衛の戦闘機は不要ということだ。

　ただし、それは建前でもあった。フレッチャー長官としては敵航空隊壊滅が現時点で確認できていない以上は、空母を守るための戦闘機隊は温存しておきたかったのだ。

　空母レキシントンから航空隊が出撃することをターナー少将に伝えたことで、彼は一度、砲台攻撃を中断して後方に下がり、船団と合流するという。

　砲台攻撃は敵艦隊が壊滅してからでも遅くないし、それまで砲戦でいたずらに艦を傷つけるのも無意味なことだからだ。

　攻撃隊の隊長は夜間攻撃で滑走路を破壊したという認識があることもあり、敵航空隊の脅威を考えていなかった。じっさい敵航空隊が健在なら、空母レキシントンは反撃を受けているはずだ。しかし、その反撃はない。

　ただ、SBD急降下爆撃機隊にとっての誤算は、ターナー少将が弾着観測機について、何も報告していないことだった。零観による撃墜機も出ていたが、彼の中ではそれを迎撃機とする認識はなかった。

だからSBD急降下爆撃機隊に、砲戦を中断した鳥海と第六戦隊の零観が最初に迎撃に現れても不思議はなかった。

砲台より離れた海域での弾着観測であったため、彼らは磐手市のかなり手前で、SBD急降下爆撃機隊を発見することになる。

五機の零観は、まず母艦に敵襲を通報し、その上で迎撃にあたった。SBD急降下爆撃機隊も複葉の水上機が接近してきたことはわかったが、自分たちが攻撃されるのかは半信半疑だった。

なるほど陸上基地を破壊すれば、迎撃に出せるのは水上機だろう。そう考える程度だ。つまり、彼らは陸上基地が破壊されたことを、この零観の迎撃で確信した。

とは言え、彼らは五機の零観を舐《な》めたことを後悔する。一斉に襲撃を仕掛けてきた零観は、編隊のもっとも端に位置するSBD急降下爆撃機に集中して銃撃をかけ、それを撃墜した。

損失一機ということよりも、旧式複葉機にSBD急降下爆撃機が撃墜されたことにこそ、彼らは恐慌状態に陥った。

零観がすぐに二機目のSBD急降下爆撃機を撃墜するに至り、隊長機は散開を命じた。

数では自分たちが勝っており、散開して敵の攻撃を分散すれば、個々の防御火器で対抗できる。彼はそう考えたのだが、それは零観だけを考えれば悪い判断ではなかった。

しかし、彼らが零観と戦闘を繰り広げている間に、第二飛行場から迎撃戦闘機隊の離陸を許してしまうこととなった。

なにしろ空戦は磐手市の手前で繰り広げられていたため、彼らは第一と第三は使用不能でも、第二飛行場は生きていることを知らなかった。

この状況で、ほぼ同数の戦闘機隊が襲ってきた。そもそも戦闘機隊が現れることを予想していない。その上、散開しているため、友軍が防御火器を集中することもできず、SBD急降下爆撃機は各個撃破される運命となった。

SBD急降下爆撃機隊の隊長は、すぐにこのことをフレッチャー長官に報告した。

「昨夜破壊した敵航空隊が復旧した。戦闘機による迎撃は可能」

それは間違った報告ではなかったが、決して完全な報告でもなかった。戦闘機が出撃していることは、陸攻などが出撃できないことを意味しない。

じっさい、隊長もそうした意図で報告してはいなかった。「最低限度、戦闘機は飛べる」という意図での報告だ。だが、フレッチャー長官以下のレキシントンの面々は「戦闘機が飛べるところまでは復旧した」と解釈してしまった。

ただ、SBD急降下爆撃機は準戦闘機としても戦えると、この時の米海軍航空隊では考えられていた。だから爆撃を完了したら、戦闘機と対峙できる。

この時点でも、日本軍戦闘機への認識はその程度のものであった。現場では違っていたが、上層部はそうなのである。

そのためフレッチャー長官は、第二次攻撃隊の編制に戦闘機隊を加える命令をしただけで、特に第一陣に命令を追加することはなかった。つまり、撤退も命令していない。

もちろん、SBD急降下爆撃機隊も撤退するつもりはなかったが、SBD急降下爆撃機の損害は急上昇する。

ついに爆弾を投棄し、戦列を離れる機体も現れた。一機がそうすれば、僚機もならう。SBD急降下爆撃機隊はこうして一気に崩れていった。

二〇機のうち七機が撃墜され、残りのSBD急降下爆撃機は空母へと戻っていった。

SBD急降下爆撃機隊による鳥海と第六戦隊への攻撃は頓挫したが、ターナー少将の部隊も船団と合流するために下がったため、珊瑚海周辺での日米間の戦闘は一時的に中断した。そして、この間にいくつものことが同時進行していた。

まず、ラバウルの第八艦隊はようやく落ち着きを取り戻し、空母部隊の捜索を開始する。

ただ、ここでもひと悶着があった。当初、第八艦隊は、空母は呂三七号が雷撃した一隻だけと判断し、準備が整い次第、夜のうちから索敵に出すことになった。

こうして陸攻隊が空母部隊を求めて東進していた頃、空母レキシントンによる磐手基地攻撃が行われる。

この時点で、敵空母は二隻なのか一隻なのかの議論が、第八艦隊で起きていた。空母が一隻ならすべての陸攻を引き返させ、燃料補給後にニューギニア方面へ南下させねばならない。

もし二隻であれば、雷撃された空母を追撃し、これを撃破した後に、もう一隻の空母を撃破しなければならない。

ここで大きな誤算が起こる。雷撃された空母サラトガを陸攻隊は発見できなかったのだ。

夜の間に陸攻隊は出動したわけだが、空母サラトガもレーダーは生きている。敵機の接近を察知し、回避行動はとれる。さらに太平洋艦隊司令部より、サラトガへの補給部隊が支援のために送られるとの連絡があり、サラトガはそちらに向かっていた。

結果として、真珠湾方面に逃走するという予測で索敵を強化しても、サラトガはまったく別の場所に向かっていたのである。

しかも悪いことに、索敵機の一機が夜間飛行のために機位を失っただけでなく、計器類の不調から危険なほど高度が下がっていたことに気がつかないという事故が起こる。

高度一〇〇〇で飛行しているはずが、じっさいは高度三〇を切っていた。だから少し高度を下げただけで、海面に激突してしまう。

空母を追撃していた陸攻が突如、消息を断ったことで、第八艦隊司令部は、それを空母部隊の迎撃機によって撃墜された可能性があると判断した。

帰還した陸攻に給油と整備の後、再びその方面に向かわせた。敵空母は手の届くところにいて、いまなら撃沈可能と判断された。この時点で第八艦隊は、手堅い敵を優先するという判断をしたわけだ。

こうして第二波の陸攻隊も空母サラトガとは別

の方角に索敵を行い、空母レキシントンへはなに一つ向かっていなかった。

連合国軍を牽制するため、オーストラリア軍が管理するツラギへの攻撃はすでに行われていたが、陸戦隊が占領しているものの、偵察基地にまではなっていない。

そのため第八艦隊管轄で、空母レキシントンを捜索する戦力はこの時、存在していなかった。彼らも無視していたわけではないが、撃破可能なサラトガを優先するという判断を下したことが裏目に出ていたのだ。

一方の攻撃を受けている当事者である第四艦隊司令部もまた、方針に迷いがあった。

陸攻隊と戦闘機隊による戦爆連合は編制可能だが、それを船団と空母のいずれに向けるべきか？

第四艦隊司令部としては、第六戦隊に直接命令する立場でもない。さすがに五藤司令官が「ではクーパンに向かいます」とは言わないだろうが、編制外の部隊を作戦の中核には置けない。

「ここは空母を優先すべきでしょう。空母が最大の脅威であれば、まずそれを叩くべきです！」

それは田村参謀長の意見であった。これに対して航空隊司令の山田大佐は船団を優先すべきと主張する。

「まず現時点で、敵空母の所在がわかっていない。推定できるだけでわかっていない。そのため飛行艇隊が索敵に向かっていると聞く。

ならば、索敵に無駄に時間を費やすことになる。それよりも敵船団を攻撃するならば、なるほど現在の所在は不明でも、近海にいるのは明らかであり、すぐに発見できるだろう。

　彼らは我々に接近しているのだ。むしろ船団を攻撃することで、敵空母を誘発できるやも知れぬ」

　井上司令長官は黙って両者の主張を聞いていた。彼も迷っていたが、五分以内に決断するとだけは決めていた。

　この議論をいつまでも続けるわけにはいかないからだ。敵はすぐそこに迫っている。

　しかし、会議の議論は一通の通信で大きく動き出す。

「第六戦隊より入電、我敵船団ヲ発見セリ」

5

五藤司令官にとって、敵空母攻撃隊による作戦の中断は、終わりを意味しているわけではなかった。あくまでも中断だ。

　おそらく敵は航空隊によって自分たちが壊滅すると考えたのだろう。撤退は同士討ちを避けるためと考えていい。

　だから空母航空隊を撃退したいま、彼らは再びやってくる。空母を撃沈したというなら、あるいは撤退も考えるかもしれないが、航空隊を追い返しただけでは敵は退くまい。捲土重来、再度の攻撃を仕掛けてくるだけだ。

　磐手基地の航空隊も敵に反撃するだろうが、井上司令長官がどう動くのかはわからない。航空本部長を務めたこともある井上中将であるから、まず空母を叩くのではないか。

　ならばこそ、自分たちは船団を攻撃すべきだろう。それが五藤司令官の考えであり、決断だった。

彼は水偵を飛ばし、近海に潜んでいるはずの船団と敵巡洋艦部隊を探させた。ほどなくして、水偵は敵船団と敵巡洋艦部隊を発見する。

貨物船は一〇隻あり、巡洋艦のほかに駆逐艦も伴われていた。五藤司令官はすぐに敵船団に向かうことを鳥海に告げる。鳥海もまたそれにしたがうとの返信があった。

厳密にいえば、五藤司令官の判断は第四艦隊司令部の決断ではなかった。しかし、第四艦隊司令部からの協力要請は出ており、その点ではまったくの独断専行でもない。いわばグレーゾーンだ。

だが報告を受けた第四艦隊からは、井上長官の命令として五藤司令官の判断を実行する旨の返信が届いた。


一瞬、命令という形に意味がわからなかった五藤だが、すぐに井上の真意を理解した。

これは、井上からの五藤を守るというメッセージなのだ。五藤の判断は井上の命令であるから、結果の責任はすべて井上が負う。五藤はそこに、井上からの自分への信頼と司令長官としての覚悟を見た。

「井上さんの期待を裏切るわけにはいかんな」

彼は部隊を前進させた。

6

バンデクリフト少将には、ターナー少将の部隊の合流がプラスなのか、マイナスなのかよくわからなかった。ただ四隻あった重巡の一隻がいなくなり、オーストラリアやキャンベラが明らかに損傷していることだけは見て取れた。

そして、どうやら砲台はまだ無事らしい。ただ空母レキシントンの航空隊が敵を攻撃しているのは、ボイシのブリッジからもわかった。さらに敵戦闘機も動いていたが、攻撃機は出ていない。

つまり、予想していたシナリオとはかなり違ってしまったが、それでも自分たちは敵を痛打しているらしい。彼としては、いまはそう信じるしかない。

そうしているなかで見張員が叫ぶ。

「敵、水偵接近中！」

バンデクリフト少将は、すぐに双眼鏡をその方向に向ける。単座の水上機が接近してくる。しかも複葉機だ。つまり陸上機ではない。敵の飛行場はやはりかなりの打撃を受けているのだ。

そんな楽観的な見方も、レーダー手からの報告で一変する。

「五隻の大型軍艦が接近中です！　敵巡洋艦と思われます！」

「巡洋艦……航空隊が撃破したんじゃなかったのか？」

バンデクリフト少将は、この作戦の中で自分に重要情報が届いていないという現実に敵艦以上の衝撃を受けていた。

そして、ターナー少将の巡洋艦部隊が手持ちのすべての駆逐艦をしたがえ、敵艦隊へと突進していく。一〇隻の貨物船は丸腰であった。

しかし、現状ではそれはどうにもならないことも、バンデクリフト少将にはわかっていた。彼らは戦うしかないのだ。そして自分たちも。

「レキシントンは何をしているのか？」

7

木村大尉の九七式飛行艇はニューギニアの山脈を飛び越え、ブナ地区から海上に出ていた。

二度にわたる敵空母の攻撃から、彼らが船団とは別行動をとり、おそらくは東部ニューギニアの沖合で活動しているのだろうとの予測は立っていた。

いままでは船団の接近などで敵空母は後まわしにされていたが、いまようやく反撃の態勢ができたようなものだ。

「機長、敵空母は一隻ですか」

「たぶんレキシントン級が一隻だ」

木村の言葉に副操縦士は目を丸くする。

「どうしてレキシントン級だとわかるんです！」

「呂三七潜が雷撃したのがレキシントン級だ。空母が活動するなら、同型艦のほうが都合はいい。呂三七潜の攻撃を許したというのは護衛が少ないからだろうが、虎の子の空母で護衛が手薄なのは、一つの部隊を割ったためだ」

「つまり、ラバウル攻撃は陽動だと？」

「おそらくな。ラバウルを攻撃し、とんぼ返りで本隊と合流する。そういう計画なら、やはり同型艦となるじゃないか」

「なるほど」

この時、飛行艇は爆装していた。訓練はしているが、木村自身この爆撃で結果が出るとは信じていない。ただそれでも可能性はゼロではないのと、敵に心理的圧迫を与えられるなら、爆撃には意味があるだろう。

　彼は敵空母の位置を考えていた。最初の攻撃で彼らは磐手基地を破壊したと考えた。確かに第一と第三飛行場は損傷を負ったが、第二飛行場は守り抜いた。

　彼らはその事実を知らずに第六戦隊などを攻撃しようとして、逆に迎撃されて大打撃を受けて帰還した。

　これで敵空母が撤退するかといえば、それはない。もし敵空母が撤退するなら、敵巡洋艦部隊も敵船団も撤退するはずだ。それがかなりの痛手を被りながらも進攻を続けているのは、空母もまた撤退していないからだ。

　そう考えるなら、敵空母はブナ地区の沖合から動けない。安全を図りつつも、磐手基地攻撃の最短距離での航空支援を考えるだろう。

　木村はこの考えに賭けて、低空飛行を行っていた。例の探知機の存在を考えてのことだ。下手に逃げられては困る。

　じっさい、飛行艇は機体底部と海面の高さが五メートルという信じられない低空を飛んでいた。こんな低空を飛べるのは木村機だけであった。なので、大沼少佐からは「危ないからやめろ」と注意されていたのである。

　幸い波が穏やかなので大事には至らないが、波浪が高ければ、機体と波が接触しかねない高さである。

　木村大尉はレーダーについて知らなかったが、

低空なら赤外線は察知できまいという予測は結果として当たっていた。空母レキシントンのレーダーは飛行艇を捉えられなかった。

正確には、捉えてはいたが、水上レーダーでは波浪による反射ノイズと識別できなかった。対空レーダーには低空すぎて映らない。

しかも海面の靄のために遠くの飛行艇など見えるはずもない。そして空母までの一線を越えた時、彼らの視界がひらけた。

「いたぞ。レキシントン級空母だ！」

8

「二時方向に敵機！」

フレッチャー長官には、その報告が信じられなかった。レーダー室から報告があるならわかる。しかし、見張員から報告があるとはどういうことか？　レーダーはどうなっているのか？

フレッチャー長官は、すぐアイランドに出て見張員の示す方向に双眼鏡を向ける。

「なんだ。どういうことだ！」

彼の視界の中に四発の大型機が現れる。彼にとっては信じがたい光景だった。

あんな巨大な飛行機をどうしてレーダーで察知できないのか？

「寝室に象が入ってきても目が覚めないのか、こいつらは！」

さすがに周辺の駆逐艦が舐めるように低空を飛ぶ飛行艇に砲撃を開始する。飛行艇は爆装し、そのまままっすぐ自分たちに向かってくる。

しかし、対空火器の激しさに彼らは爆弾を捨てて上昇する。そして部隊から退避していく……と思われた。

飛行艇は爆弾を捨て、高度をぐんぐん上げていくが、問題は投棄された爆弾だった。爆弾は海中に沈まず、浅い角度で海面に接して跳躍を始めたのだ。

かなり手前で爆弾を捨てたので、それらは空母レキシントンには向かってこなかったが、護衛する巡洋艦アストリアの舷側に次々と命中した。

タイミングとして最悪に近いのは、命中時には爆弾は速力をかなり失っており、海中に沈みかけていたことだ。つまり、爆弾は二発ともに水中爆発を起こすこととなる。

すべてが一瞬のことであり、フレッチャー長官も含め、ほとんどの将兵が爆弾ではなく雷撃されたと考えた。じっさいアストリアの被害は甚大で、艦首部が切断しかけるほどの損傷を負った。

激しい対空火器が退避する飛行艇に向けられるが、飛行艇は大急ぎで艦隊を離れていく。シャーマン艦長が追撃機を出そうとするのをフレッチャー長官はとめる。

「いまさら、あんな雑魚はいい。それより敵襲に備えることだ」

「ですが長官、磐手の大型機は破壊したはずでは？」

「磐手はそうでも、ラバウルが残っている。遅くとも三時間以内には敵襲がある。それに備える」

「第三次攻撃隊は？」

「磐手基地の敵は、戦闘機隊だけは運用できる。

戦闘機なしの攻撃隊は自殺行為だ。敵の攻撃を食い止めたなら、そのタイミングで第三次攻撃隊を磐手基地に送る」

それが最善とはフレッチャー長官も考えてはいないが、重巡が雷撃されるような状況では、敵の攻撃から空母を守ることが最優先だ。ともかくレキシントンが浮いている限り、海兵隊の航空戦力は健在なのだ。

「これより南下する。ラバウルからの攻撃を少しでもかわすのだ」

こうして空母レキシントンと護衛部隊は南下し、重巡アストリアは駆逐艦一隻に曳航されながら戦列を離れていった。

9

木村機の報告を受けた時、磐手基地の戦爆連合はすでに飛び立っていた。敵空母は近海にいるのだから、飛行艇隊が発見するのは時間の問題であるとの判断だ。

じじつ木村機が敵を発見した。戦爆連合は少し針路を調整すればよかっただけだった。

そして、彼らは木村機が撃破したという炎上する重巡を発見する。そんなものはないだろうと思っていただけに、それは衝撃的な光景ですらあった。

なにしろ飛行艇が敵軍艦を大破させたのである。このことは陸攻隊の闘志に火をつけた。飛行艇にできて自分たちにできないとしたらなんの陸攻ぞ、というわけである。

空母レキシントンにとって、それは最悪のタイミングと言えた。戦闘機隊をすぐに出撃できるように燃料を補給し、整備を行っているタイミングで、戦爆連合が現れたのだ。

しかも、飛行艇をレーダーで察知できなかったために故障が疑われ、レーダーを停止して点検中だったのである。

この時、空母レキシントンの直衛機は二機のF4F戦闘機だった。本当ならもっと飛んでいるのだが、燃料補給ための着艦と次の組の発艦準備の間だったのだ。

飛行艇の奇襲による重巡アストリアの大破から、まだ一〇分程度しか経過していない。日本軍が来るなら三時間後と計算していただけに、この攻撃は完全な想定外であった。

悪いことにレキシントンのレーダーは停止中で、アストリアは大破していたため、レーダー装備艦は重巡洋艦ビンセンスのみであった。

そして、ビンセンスのレーダーは確かに戦爆連合を捉えていた。しかし、レーダー室はすぐにはそれを信じなかった。レーダーに無反応で飛行艇の奇襲を受けたのは、いまさっきのことだ。

日本軍がレーダーに対するなんらかの欺瞞《ぎまん》策を持っているなら、この反応はダミーではないか。

「あの大型飛行艇がなんらかの手段でレーダーに干渉を行い、姿を消したり、ダミーを見せているのではないか」

冷静に考えればそんな馬鹿な話はないのである

が、大型の四発飛行艇をレーダーで発見できなかったという事実が、彼らにそんな考えを抱かせた。

それでも彼らは艦長に報告したが、艦長のフレデリック・リーフコール大佐もまた、技術的問題ではないか、再確認させる。

なにしろ巨大飛行艇を発見できなかったのに、いま戦爆連合が接近中と聞かされても、はいそうですかとは納得できない。

そうして、どうやら本当に敵編隊が接近していることがわかったので、リーフコール艦長は対空戦闘準備を命じた。しかし、彼が行ったのはそれだけだった。

それも当然で、旗艦であるレキシントンにもレーダーはあり、彼はレキシントンも敵を発見していると思っていたのだ。じじつ、飛行甲板には戦闘機がいくつも並んでいるではないか！

ところが、空母レキシントンは見張員が発見するまで敵戦爆連合には気がつかなかった。

陸攻隊の指揮官も戦闘機隊の指揮官も、そんな空母の事情など知る由もない。そもそもレーダーの存在を知らない。

レキシントンに真っ先に突っ込んでいったのは、戦闘機隊だった。なかでも零戦の二〇ミリ機銃弾は、飛行甲板に並ぶF４F戦闘機隊に絶大な効果をもたらした。

出撃前で燃料を満載した戦闘機に二〇ミリ機銃弾が命中すれば、飛行甲板が火の海になるのは明らかだった。

炎上したF４F戦闘機は一部だとしても、その戦闘機のためにほかの戦闘機は発艦できないのである。

　この状況で、まず九六式陸攻の爆撃が行われた。一八機の陸攻から投下された徹甲爆弾の三発が命中し、それは飛行甲板を貫通して格納庫内で爆発した。

　一方、九機の一式陸攻はすべて雷装していた。それらは三機一組で、三方向からレキシントンに迫っていた。

　すでに爆撃を受け、飛行甲板が炎上しているレキシントンは、これらの雷撃隊に適切な対応をすることができなかった。そもそも火災のため羅針艦橋からは、雷撃隊がよくわからなかったのだ。

　それでも一部の対空火器は果敢に反撃するも、火災による電力途絶で高角砲などは作動不能となった。

　そうしたなかで雷撃が行われる。ここでシャーマン艦長は最後の回避行動のために転舵するが、最初の三本こそ外すことができたが、次の二本、さらに別の組の一本と計三本の航空魚雷が命中してしまった。

　この魚雷の影響で艦内の航空機用燃料タンクに亀裂が生じていたが、火災と浸水により誰一人そのことに気がつかなかった。

　そうしているうちにも気化した燃料は艦内に溜まっていく。そして一人の下士官が、やっと燃料漏れに気がついた。

「換気をしろ！」

　彼は命じたが、皮肉にもそれが空母レキシントンの致命傷となった。燃料の濃厚な気体だけなら着火することはない。酸素が絶対的に足りないからだ。

そこに換気で大量の酸素が供給された。そして、艦内ではまだ火災が起きている。

酸素と気化燃料の混合比が一線を越えた時、空母レキシントン全体が爆発した。

この爆発と火災が空母レキシントンの致命傷となった。陸攻隊は攻撃を終えて敵艦隊近くで編隊を組み直していたが、この空母レキシントンの爆発を目の当たりにすることになる。

「我、レキシントン級空母ヲ撃沈セリ」

指揮官はそう打電した。

第5章　磐手沖海戦

1

　重巡洋艦オーストラリアはかなり傷ついていたが、まだ戦闘力は残っていた。僚艦のキャンベラも同様であるし、クインシーも被弾していたが、まだ戦えた。

　だが、旗艦オーストラリアのレーダーは使用不能であり、キャンベラも同様で、かろうじてクインシーだけが水上見張レーダーを使用できた。

　そのため、彼らは磐手基地から陸攻隊が出撃したことを把握できなかった。

　戦闘機隊だけ出撃できると思っていたので、彼らは空母レキシントンへ攻撃隊が出撃したことも知らない。必然的に、それをレキシントンに通報することもない。このことも彼女が奇襲を受けた理由の一つであった。

　いずれにせよターナー少将の認識では、この戦闘は本質的には水上艦艇同士のものであるはずだった。

　ただ、敵は五隻で味方は三隻。真正面から戦えば、こちらが全滅することは明らかだ。

　そこでターナー少将は船団から離れ、まず砲台への攻撃を優先することにした。

これはあえて船団を無防備にすることで、敵巡洋艦部隊を誘い出し、一方で砲台攻撃への支援も行わせることで、敵戦力を分断するという意図があった。

果たしてそこまでうまくいくかはわからないが、勝利の鍵は敵部隊の分断にある。五隻をこの状況で分けるとしたら、敵は船団に三隻、砲台支援に二隻をまわすだろう。

砲台も軽巡並みの火力であるから、砲火力だけ見ればそれで巡洋艦三隻分であり、自分たちと互角だ。

したがって、ターナー少将は砲台を狙う。

砲台は、火力は巡洋艦並みでも移動できるわけではない。砲台は固定目標だから、移動しながら巡洋艦で攻撃できる。なにしろ、小なりといえども島なので命中確率も高い。

そうして早々に砲台を潰し、重巡二対三の戦力で敵を撃破し、さらに残りの巡洋艦に向かう。アクロバティックなのは百も承知だが、自分たちにほかの選択肢はない。

ターナー少将は、この戦術を実行するにあたり、作戦案をバンデクリフト少将にも開示した。彼らから見れば、自分たちは見放されたと考えるかもしれないからだ。

作戦案に対して、バンデクリフト少将の返答は「了解した」という短いものだった。

素っ気ないとは思ったが、バンデクリフト少将の立場としては確かにほかの返答はないかもしれない。駄目だと言ったところで、彼にターナーへの命令権はない。

ターナー少将に与えられた命令は砲台の破壊が一番であり、船団護衛は二番だ。それゆえに部隊には空母が同行しているのではないか。

こうして三隻の重巡は、再び砲台攻撃に向かった。

2

ターナー少将の砲台攻撃計画をバンデクリフト少将は、それほど悪くないと考えた。

すでに当初の計画を実行することは不可能だ。ただ現有戦力があれば、磐手市攻略は不可能ではない。

ともかく、敵の航空隊は戦闘機程度しか飛べない。それに、損耗を考えて海兵隊兵力は過大な戦力を用意した。兵士の数は当初の三分の二に減り、余裕はほぼないが、作戦は実行できる。

こちらには空母もあり、最大の懸念は上陸時の砲台の存在だが、それを叩き潰してくれるなら、ターナー少将の部隊がここにいないことぐらい問題ではない。

別に彼らは撤退するわけではない。それどころか、前進するというのだから。

そうしている時、ボイシのレーダー室から報告がある。

「迂回して我々に接近中の船舶があります」

「その船舶を十分に監視せよ」

彼はレーダー室にそう命じると、船団に対してはその敵船舶から離れるように命じた。幸か不幸か、船団が半減したため針路変更は容易である。

こうして一〇隻の輸送船団は針路を変えた。

3

西島の砲台長である滝沢少佐は、東島の杉田少佐と電話で互いの損害状況を確認していた。三隻の重巡洋艦が激しく砲台を攻撃しているためだ。

「かなり叩かれている。飛行艇基地は使用不能だ。燃料タンクに直撃されて、しばらくは消火が大変だった」

杉田砲台長の説明に滝沢はほっとしていた。砲台がかなり激しく炎上しており、火薬庫に引火でもしたかと思ったのだ。

「まぁ、消火が大変というのは、こっちに引火しないようにしていたって意味だがな」

「それはどういうことです、砲台長」

滝沢は杉田に尋ねる。二人とも少佐ではあるが、杉田のほうが先任者であるため、滝沢の口調も丁寧になる。

「派手に燃えてくれたほうが、こちらの砲台は被害甚大に見えるだろう。そうすれば敵は攻撃をやめるし、こちらは戦力を温存できる。

ただ、敵航空隊の登場で小細工は無意味になったがな。敵も下がったから、むしろ逆効果だったかもしれん。こちらのほうが割れやすいクルミと判断されたようだ」

滝沢は杉田の胆力に感心し、同時に安心した。

火災が起きていたのは最初の攻撃の時の話だ。そして中断の後、いまは再び砲撃が始まっている。

敵巡洋艦は三隻、砲台は二つ。なので敵は二隻で東砲台を、一隻で滝沢の西砲台を攻撃している。

おそらく東砲台のほうが破壊しやすいと考えられているためだろう。

だが、それは大きな間違いだった。

まず敵は張りぼての砲台を攻撃している。もともとは物資搬入用の桟橋のつもりで建設されたコンクリートの足場だが、そこに丸太を差し込んだだけの張りぼてだ。足場に直撃しない限り、砲台は健在に見える。これでも鉄筋コンクリート製であるのだ。

では、本当の砲台はというと、西島も東島も四基ある砲塔の中で、二基だけは砲塔そのものを一五センチ厚の鉄筋コンクリートと装甲防御したドームで、覆い隠せるようになっていた。

この覆いはたいていの空襲や戦艦の主砲でも簡単には粉砕できないようになっていた。

どうして東西で八基ある砲塔の四基だけが装甲蓋で防御されているかといえば、すべてを装甲蓋で覆うだけの予算と資源がなかったためだ。そのへんは実に単純明快な理由だ。

装甲蓋の役割には情報秘匿の意味もある。日本海軍は一五センチ砲を搭載し、軽巡として建造しながらも、後から二〇センチ砲に換装して重巡にするという計画で設計した巡洋艦が多数あった。

三連装一五センチ砲塔のターレットは、ほぼ連装二〇センチ砲のターレットに等しいというわけだ。

つまり磐手市の砲台もまた、一五センチ砲から二〇センチ砲に換装可能ということで、その計画もあった。

蓋付きの砲台だけ一五センチから二〇センチに強化し、その存在を隠そうという意図である。ただ現状では旋回式の蓋ができているだけで、主砲の換装には至っていない。戦争中は無理というのが関係者の共通認識だ。

それでもこの旋回式の蓋が完成したことで、砲台は敵重巡の攻撃から守られていた。装甲のおかげというより所在を隠すことで。

だからと言って安泰ではない。二〇センチ砲弾の威力は大きく、砲塔は無事でも砲塔の各部門には被害が出ていた。一部はコンクリートが粉砕され、通行さえできなくなっていた。

それでも砲台は反撃準備を整えていた。彼らは砲台が死んだように見せかけて、敵を誘い込もうとしていたのである。

弾着観測機はまだ飛んでいる。だから砲台の奥底では、敵艦に対する照準作業が進められていた。

「西島の一隻を狙おう。八門で攻撃する！」

杉田の提案に滝沢も同意する。装甲蓋も旋回し、砲塔がその姿を現す。そして、それらは重巡洋艦クインシーに照準を定める。

「撃てっ！」

杉田と滝沢の攻撃開始の命令とともに、各砲塔では砲塔長が砲撃を命じた。

二四発の砲弾がクインシー一隻に集中する。地上の固定砲台からの砲撃と弾着観測機の威力は大きく、初弾から一〇発が命中した。重巡洋艦クインシーにしてみれば青天の霹靂《へきれき》であった。

被害確認で混乱しているなか、さらなる砲撃が続き、十数秒後にまた続く。

重巡洋艦クインシーは短時間に三〇発近い砲弾を浴び、ほぼ廃艦同然となった。

　事態の展開が速すぎて、乗員の脱出も偶然に左右された。なにより指揮機能が破壊されたことが痛い。

　重巡洋艦クインシーはそのまま座礁し、それにより沈没は免れた。それが数少ない幸運な出来事だっただろう。この座礁により乗員五〇〇名が脱出できたのである。

　東砲台を砲撃していた重巡二隻はクインシーの撃沈で、すぐさま後方へと下がっていく。そして何があったのか、さらなる移動を実行した。

「どうやら五藤さんの策が当たったか」

4

　バンデクリフト少将は、砲台の戦闘については傍観しているしかなかった。自分たちは何もできないからだ。

　敵巡洋艦と砲台、それらとターナー少将の重巡部隊は激しい砲戦を交わしていた。バンデクリフト少将は、ここで上陸準備を命じていた。この時点で、空母部隊が陸攻隊の攻撃を受けるのであるが、そこまでの情報は彼のもとには届いていなかった。

　あれから船団は航空機の襲撃を受けておらず、いまのところ、航空脅威は考えなくてもよさそうだ。

そうなると脅威は砲台だけだが、それもどうやらターナー少将の部隊がなんとかしてくれそうだ。日本海軍の重巡部隊は健在だが、どうも彼らは積極性に欠けるようにバンデクリフト少将には思えた。

果敢に前進してくるのではなく、あくまでも遠距離砲戦に固執しているように見えるのだ。

だが、バンデクリフト少将はここで予想外の報告を受けた。レーダー室からだった。

「小艦艇が四隻接近してきます！　駆逐艦です！」

そう、日本軍の嚮導駆逐艦（彼らは軽巡夕張をそう認識していた）が撃破されたので眼中になかったが、確かに旧式駆逐艦が四隻いた。それらは神風型駆逐艦で、主砲は一二センチ単装砲が四門という今日の駆逐艦の標準でも強い火力とは言いがたい。

しかし、それであっても無防備な貨物船に攻撃を行うには十分強力だった。

すでに魚雷は撃ち尽くされていたが、平射専門の火砲は、貨物船に次々と命中弾を出していた。いくら命中してもなかなか反応しない貨物船もあったが、たいていの貨物船は数発命中すれば、火災が発生した。

そうは言っても、魚雷のように派手な爆発は起こらない。つまり、脱出のチャンスはある。

バンデクリフト少将は、ここで苦渋の決断をする。

「海兵隊は揚陸作業を開始せよ！　これは脱出ではない、敵前上陸の実行だ！」

彼はそう命じたが、この状況で信じるものはいない。しかし命令を拒むものも、まだいない。船に残れば死ぬだけだ。

上陸用舟艇で太平洋は渡れない。ならば、磐手市に上陸する以外の選択肢はない。

バンデクリフト少将は、まだ希望を完全に捨てたわけではない。ターナー少将の巡洋艦部隊がこの旧式駆逐艦を撃破さえしてくれれば、上陸は成功する。

このバンデクリフト少将の決断は、確かにほかの選択肢はなかったとはいえ、大きな問題を残していた。それは旗艦であるボイシも被弾し、脱出を余儀なくされたことで、通信系統が途絶してしまったことだ。

船団を守っていた駆逐艦も救難と反撃のために、なかなかバンデクリフト少将との合流が果たせない。周辺には無数ともいえる舟艇が遊弋《ゆうよく》しているのだ。

彼は海兵隊に対しては、ある程度の通信が可能だった。兵隊用の小型無線機を搭載していたからだ。

彼は巡洋艦部隊が日本軍巡洋艦と戦う間に、砲台そのものへの海兵隊員の上陸を考えていた。

現状では、砲台からこの舟艇群を個別には狙えない。むしろ砲台の内懐に飛び込んで白兵戦に持ち込めば、あるいは砲台を占領できるだろう。

砲台を占領後、砲台から磐手市を攻撃する。そうすれば増援が来るまで磐手市攻略は続けられる。

海兵隊による砲台占領は、確かに作戦案の一つにあった。だが犠牲が大きすぎることを理由に、ほかならぬバンデクリフト少将が反対したのである。しかし皮肉にも、彼はそれを命じなければならない。

駆逐艦同士の戦闘は、性能では米海軍駆逐艦が上回っていたが、数は日本海軍が多く、日本海軍の駆逐艦二隻が戦線離脱し、米海軍駆逐艦も大破した。

ただ、この戦闘により船団への攻撃は中止され、無傷な貨物船こそなかったものの、三隻がほぼ無傷な状態で、海兵隊とともに移動できる状況となった。

「あの三隻は何を運んでいる？」

「火砲と食料品、あとは医療品の類です」

主計科参謀がリストを見ながら報告する。バンデクリフト少将にとって、火砲を搭載した船が無傷なのは重要だった。

それは砲台攻略の決め手となるだろう。一五センチ砲といえども、足元の七五ミリにはなす術《すべ》もないからだ。

日本軍の駆逐艦四隻は、船団への攻撃を続けられなかった。ターナー少将の重巡洋艦二隻が現れたためだ。彼らはその姿を見ると、すぐに船団から離れていく。

敢闘精神旺盛とは言えないが、旧式駆逐艦で重巡に立ち向かわないという判断は合理的だ。

一方のターナー少将も、重巡オーストラリアとキャンベラで駆逐艦を攻撃し始める。それらは鎧袖一触で決着した。駆逐艦側に魚雷が残っていれば違ったのだろうが、一二センチ砲が四門ではどうにもならない。

駆逐艦四隻はほぼ一方的に攻撃され、撃沈されたものはなかったにせよ、全艦が大破して戦列を離脱することを余儀なくされた。

バンデクリフト少将には、船団護衛の観点では駆逐艦を撃破するのは理解できたものの、攻撃が執拗すぎる気がしたのも確かだ。

しかし現状では、ターナー少将の意図を確認する術はない。自分たちは砲台攻略へと向かうだけだ。

ターナー少将の巡洋艦二隻は再び船団を離れ、日本軍部隊へと向かっていった。純粋に船団の危険を排除するためだけに現れたのか。

バンデクリフト少将にも、ターナー少将の意図は理解できた。敵巡洋艦部隊にぶつかって、船団の数少ない船舶を守ろうとしているのだ。

彼には海兵隊が砲台を占領しようとしている意図がわかっているのだろう。否定されたが、一度は検討された作戦案だ。

それでもバンデクリフト少将の頭の中では、残された三隻で帰還するほうがいいのではないかという声が、だんだん強くなっていた。

だが、もはや折り返し地点は過ぎた。ここまで来たら前進するよりないではないか。

砲台は貨物船に向けて砲撃を始めた。多数の砲弾を浴び、一隻の貨物船が炎上し、大爆発を起こす。それは食料などを運んでいた船であった。

「増援があるまで、レーションで生きながらえねばならないのか」

バンデクリフト少将は、なぜかそんなことを思った。

5

バンデクリフト少将とターナー少将の決定的な差は、ターナー少将が空母レキシントンの沈没を知っていることだった。バンデクリフト少将はこのことを知らないが、彼は知っていた。

　そしてターナー少将は、バンデクリフト少将が撤退ではなく、明らかに砲台攻略を目指しているらしいことに、それこそ彼の覚悟と解釈した。

　現実問題として、これだけ船舶を失ったら退却さえできはしない。後退できないなら、前進するしかないではないか。

　ターナー少将も空母レキシントン沈没の報告を受けた時、それは磐手基地ではなく、ラバウルの航空隊と考えた。空母サラトガの作戦はあくまでも陽動であり、基地機能を完全に破壊するような類のものではなかったためだ。

　つまり、ターナー少将も自分たちの制空権が失われたことはわかっていたが、磐手基地の航空戦力は戦闘機どまりであり、艦隊戦で勝敗がつくと考えていたのである。

　ただ彼とて職業軍人であり、二隻の重巡で五隻の重巡に勝てるなどとは考えていない。

　しかし、彼は必ずしも艦隊戦で勝つ必要があるとも思っていなかった。ようするに、海兵隊が磐手市に上陸できればいいのだ。

　仮に砲台が無事だったとしても、海兵隊が磐手市に入ってしまえば、同士討ちはできないから砲台は無力化されてしまう。

そうであるなら敵重巡部隊を海兵隊から引き離せば、自分たちが勝つ。だから、ターナー少将は果敢に敵艦隊へと突進して行った。

二隻の重巡が突進すれば、敵は必ず攻撃してくる。そう考えたのである。

オーストラリアのレーダーもキャンベラのレーダーも、すでに使用不能になっていた。それでも砲火力は使えるし、敵艦隊の姿は肉眼でも見える。

ターナー少将は鳥海らしい巡洋艦に砲撃を集中させた。幸い、いまは弾着観測機も燃料切れか何か知らないが、空にはいない。砲撃をかけるなら命中率は互角である。

キャンベラと合わせて、一六門の二〇センチ砲が鳥海一隻に砲撃を行うが、命中弾は出ない。まだ遠距離すぎるからだろう。

おかしなことに、鳥海もほかの巡洋艦も反撃してこない。そして見張員が叫ぶ。

「右舷方向に敵編隊！」

それでもターナー少将は、敵航空隊という言葉に動じることはなかった。一瞥《いちべつ》した限り単発機であり、それなら戦闘機と思ったのだ。

念のため双眼鏡で確認し、彼は愕然《がくぜん》とした。それらは単発の攻撃機であり、しかも雷装している。

敵艦隊が自分たちに攻撃しなかったのは、この航空隊が来るからか。

対空戦闘を命じたものの、レーダーがなかったために全体の動きが遅い。各巡洋艦は砲戦に備えて、対空火器要員さえダメージコントロールにまわされていたためだ。間接防御を強化して敵にあたるという思惑が、ここで裏目に出た形だ。

対空機銃などが果敢に艦攻隊に攻撃を加えるも、攻撃隊の勢いを削ぐには至らない。

そして、艦攻隊は次々と雷撃を行った。

雷撃距離は比較的遠かったが、オーストラリアに三本、キャンベラにも三本が命中する。それは重巡洋艦にとって致命的な攻撃となった。

ターナー少将と艦長は、この雷撃によって戦死し、オーストラリアは指揮中枢を失ってしまう。沈没が避けられないのは明らかであり、乗員たちは次々と艦を捨てた。

キャンベラはまだ指揮系統は生きていたが、結局、艦を捨てねばならない点は同様だった。

巡洋艦の乗員たちは救命ボートに移り、海兵隊のほうに向かう。そちらにはまだ浮いている貨物船があるからだ。彼らとしては、救助された乗員だけでも貨物船で帰還させるべきと考えていた。

しかし、状況はそうはならなかった。

6

「直接乗り込んでくるというのか！」

東砲台の杉田砲台長には、その光景が信じられなかった。

輸送船団のほとんどが壊滅し、巡洋艦さえ全滅したというのに、上陸用舟艇に乗った米兵が自分たちの砲台めがけて前進しているのだ。

それは、米兵たちにわかっているのか、偶然なのかまではわからないが、砲台にとってはまさに弱点だった。

そもそも砲台は敵船を撃破するための存在であ

り、それに関してはいまも結果を出している。

しかし、無数ともいえる舟艇の群れとなると話は違う。ボート一隻に一五センチ砲を撃ち込むのかという話だ。

こんな非常識な状況は考えていないし、そもそも母船を沈められたら撤退するのが常識ではないか!

「副砲員は戦闘準備!」

杉田砲台長は滝沢砲台長と連絡しつつ、砲台の副砲員に招集をかけた。

砲台には一五センチ砲だけでなく、一応、砲台防衛用の機関銃座と砲座があった。ただし、砲台での白兵戦などほとんど想定しておらず、火力密度は十分とは言いがたい。

それに、使用をほぼ想定していない火力のために兵員を遊兵化させるわけにもいかない。副砲員は定員として定められていたが、主たる任務は主砲員の支援であり、具体的には砲台のダメージコントロールと、一五センチ砲の砲員の交代要員であった。

つまり戦闘開始の時点で、副砲や機銃についている人間はいない。だがいまや主砲ではなく、副砲が主役となりつつある。

「主砲員で手のあいているものは班ごとに武装し、適切な位置につき、舟艇を迎え撃て!」

砲塔一つには五五人の将兵がいた。砲台一つで二二〇名の将兵が、一部は副砲や機銃座につき、残りは小銃や軽機関銃分隊を編成し、敵の上陸を阻止できる位置につく。

設計としては、こうした形での籠城も考えられており、砲台のあちこちはトーチカとして使えるようになっている。

もちろん、敵兵上陸を想定した訓練も行われていたが、誰もがそれは訓練の上のことで、実戦になるとは思っていなかった。

「砲台長、磐手から増援が来ます。哨戒艇が豆戦車を運んできます！」

磐手市の基地側も状況を把握し、動いていたらしい。警察車両として導入されていたＣＶ33が、哨戒艇で東西両砲台に運ばれる。四両あるＣＶ33が二両ずつだ。

小さな島の砲台で装甲車両は、通常は現実的ではないが、だからこそ豆戦車には活躍の場があった。使うことはあるまいと考えられていたが、豆戦車が活動できるように通路が整備されていたためだ。

正確には、砲台建設のためのトラクター用の通路だが、豆戦車にとってトーチカとなる掩体も用意されていた。通常は倉庫として使われていたが、いまそれが本来の用途に用いられようとしていた。

哨戒艇は飛行艇の運用に使われていた桟橋から豆戦車と数十名の陸戦隊を下ろすと、すぐに敵軍の舟艇の群れに飛び込んでいく。鳥海と第六戦隊も現状では舟艇相手には容易に手が出せないため、ここは哨戒艇のほうが好都合であった。

しかし、哨戒艇二隻でどこまで敵兵を乗せた舟艇の群れを阻止できるかは疑問である。とは言え、両陣営とも引く気配はなかった。

7

ミラー少尉にとって自分の任務の重さはある意味、苦痛であった。たまたま自分たちを運んでいた貨物船に野砲が載せられており、砲兵である自分たちがその野砲を舟艇で運ぶことになったからだ。

すでに当初予定していた上陸計画は完全に崩壊していた。兵力は半減し、戦車や火砲の多くも失われた。

そもそも自分たちは、磐手市に上陸する予定で進んでいた。それがいまは砲台を目指している。砲台は巡洋艦部隊が叩き潰しているはずではなかったのか？

それでも自分たちは、敵の意表をついて砲台へと向かっている。敵の攻撃はやんでいた。砲台では舟艇の群れを効果的に排除できないためだろう。ただ、自分たちが砲台に向かっているから攻撃しないとも言える。敵兵は砲台で待ち構えているのだ。じじつ砲台からも反撃はない。

一五センチ砲で自分たちを攻撃するのが非効率なのは理解できるとしても、不気味なほどに反応がない。

しかし、そう信じられた時間は短かった。いくつかの舟艇が空に向かって銃撃を始めた。見れば十数機の戦闘機が、一斉に自分たちめがけて機銃掃射をかけてくる。

磐手基地には戦闘機隊が残っていたのだ。それらは舟艇の群れに突っ込むと、次々と機銃掃射をかけてくる。いくつかの舟艇は燃料タンクを撃ち抜かれて炎上し、あるいは火薬か何かが誘爆して吹き飛んだ。

ともかく砲台に近づいた舟艇から、順番に機銃掃射されていく。防衛する側の論理としては合理的だが、攻撃する側にしてみれば、それは底意地の悪さとしか思えない。

砲台に向かっていた舟艇は、攻撃されない領域にとどまり、そこに後続の舟艇も集まって舟艇の渋滞が起こる。

まさにその渋滞を待っていたかのように、再び戦闘機隊の機銃掃射が行われる。ミラー少尉の舟艇も狙われたが、負傷者が出たなかで彼自身は野砲が盾となり、敵弾から守られた。

そして、機銃掃射は舟艇が密集しているにもかかわらず、それほどの損失を与えることなく終わった。最初の機銃掃射で銃弾を使いすぎたためだろう。

だが、戦闘機隊が去ると新手が現れた。二隻の哨戒艇が舟艇群に対して、砲撃を仕掛けてきた。哨戒艇の火砲は七〇ミリクラスらしい。艦艇の主砲としては非力な水準だ。しかし、舟艇相手には絶大な威力を発揮した。なによりもこの状況では適切な火力だ。

波浪はあっても比較的近距離での砲撃であり、命中率は高い。一発の砲弾で舟艇には致命傷になる。

戦闘機による攻撃などよりもはるかに甚大な被害が舟艇隊に起こっていた。しかし、それぞれの哨戒艇が西島と東島を担当していたため、すべての舟艇を阻止できたわけではなかった。

そしてミラー少尉は、自分たちの舟艇に野砲が載っていることに改めて意識が向かう。

「砲撃準備だ！　戦わねばやられるだけだぞ！」

ミラー少尉の言葉に部下たちは動き出す。そう、自分たちには野砲という反撃手段があるのだ。

ミラー少尉が海軍将兵なら、また対応も違ったかもしれないが、陸軍砲兵の彼に迷いはない。

舟艇の上で野砲の旋回などできないから、舟艇の向きで照準を定める。そうして哨戒艇に突進して撃つ。

照準ということをいうなら、命中などするはずがない砲撃だった。しかし、近距離のため射角は浅く、砲弾は低伸し、命中界は大きかった。

本当なら哨戒艇の向こう側に弾着するはずの砲弾は、哨戒艇の艦橋に命中し、爆発した。さらに数発の砲弾を撃ち込み、それらも命中界に助けられて哨戒艇に命中した。

哨戒艇は操舵不能となり、おかしな方向に突っ込んでいく。そのまま渋滞中の舟艇の群れを押し潰すように、炎上しながら前進し、座礁してようやく止まった。

乗員たちはなお使える銃火器で海兵隊員らと銃火を交わし、脱出もできないまま、多くが戦死することになる。

残っていた哨戒艇は、座礁した哨戒艇に横付けし、移動可能な乗員を収容し始める。

ここでも戦闘が続いたが、海兵隊員たちは哨戒艇と戦うよりもまず、砲台へ向かうことを優先した。哨戒艇も反撃してくるので、海兵隊もそこまで真剣には攻撃しなかった。

哨戒艇はここで、舟艇群から急速に離れていった。ミラー少尉もそのまま砲台へと向かった。

「どこから上陸します?」

部下の質問にミラー少尉は考える。舟艇が接近できるような適当な場所がない。野砲を揚陸できそうな場所はいくつもあるが、段差が一メートルはある。

歩兵ならなんということのない段差だが、野砲をこの段差で移動するのは容易ではない。普通ならまだ可能だろうが、敵が攻撃を仕掛けてくるのは間違いない。

だが、野砲の存在は周囲の海兵隊員も理解していた。これがあれば、砲台の攻略は一気に片がつくだろう。


砲台が建設された島の一角には、飛行艇が運用されていたらしいコンクリートの護岸があった。

舟艇の多くが集まっているなか、すでに上陸している海兵隊員たちが、ミラー少尉にここから揚陸するよう身振りで示す。もはや所属部隊云々は意味を失っていた。

ミラー少尉の舟艇は野砲を載せたまま、その護岸に向かう。すぐに上陸した海兵隊員からロープが渡され、野砲の揚陸準備が進められていく。

そこは日本軍の陣地から死角なのか、銃弾も何も飛んでこない。そこから上に進もうとすれば機銃掃射を受けるが、それ以上の抵抗はない。

こうして野砲が移動しようかという時だった。飛行艇用桟橋に次々と砲弾が撃ち込まれる。それは沖合に逃げたはずの哨戒艇からの砲撃だった。

哨戒艇は逃げたように見えても、敵を射程圏内にとどめていたのだ。砲撃はそこから行われた。

飛行艇基地には逃げ場所もない。ミラー少尉も野砲も、その場で哨戒艇の砲撃により破壊されてしまう。

ただ、哨戒艇の攻撃は長くは続かなかった。一隻しかない哨戒艇が攻撃すべき場所はいくつもあるからだ。じっさい、ほかの場所で海兵隊は砲台のある西島や東島への上陸を成功させ、交戦中だった。

この状況では重巡は無力だった。海兵隊を運んできた船舶は、今度こそ完全に撃沈され、すでに米軍艦船は一隻も残っていなかったが、海兵隊は上陸をやめない。降伏を決定すべき指揮官や指揮系統が混乱しているためだ。

だからこそ、彼らは砲台に群がった。

砲台はその構造から、飛行艇基地の駐機場こそ海面近くの高さにあるが、内部の施設に入るには坂を登って一〇メートルほど高い広場に出る必要があった。

飛行艇基地の駐機場にも整備用の広い空間はあるが、それは砲台と直接つながっていない。組織も違うのと、ここを防御上の弱点にはできないからだ。

上陸した海兵隊員たちは、とりあえず東西両砲台の飛行艇の整備場を占領し、そこに物資を揚陸し、指揮系統を整備しようと試みた。

飛行場設備はまさに米軍部隊が破壊した場所であり、無傷であれば色々と活用できただろうが残骸が飛び散り、空間としての使い勝手は悪い。

海兵隊員たちは、飛行艇の駐機場の残骸整理から始める必要があった。それでも、ここに海兵隊員が集まれる場所が確保できたのは辛酸を舐めながら前進してきた彼らにとって、ともかく休息の場が確保できたのは福音ではあった。

ただ、ここから坂を登って砲台を攻略するのは想像以上に難題であった。

最初に一個小隊が編成され、ガーランド銃を片手にコンクリート製の坂を登っていく。

東島も西島も細長い環礁の島であり、土質は脆《もろ》い。だから砲台は大々的に鉄筋コンクリートで補強され、道路もコンクリートで舗装され、入口のある広場に向かうまで、三ヶ所の屈曲部を通過する必要があった。

二ヶ所までは屈曲部を難なく通過できた。だが最後の屈曲部で、彼らは信じがたいものに遭遇した。

前進する彼らの前に戦車が現れたのだ。それはCV33豆戦車ではあったが、歩兵に対して装甲戦闘車両の存在感は圧倒的だった。しかも距離は一〇〇メートルと離れていない。

一個小隊の海兵隊は、たった一両のCV33により完全に前進不能となった。

物陰に隠れようにも、道路脇の擁壁《ようへき》の下は絶壁で進めない。擁壁には何ヶ所か細長いスリットが入っているが、それは銃眼で、上から接近する敵兵を攻撃するためのものと思われた。

先ほどは、日本軍がどうして自分たちを攻撃しなかったのか海兵隊員たちは不思議だったが、いまはわかる気がした。敵は自分たちを一ヶ所に集め、そこで仕留めようという腹なのだ。

「援護射撃してくれ！　俺がこいつで仕留める！」

　仲間による援護射撃のなか、一人の下士官が手榴弾を持ってＣＶ33に向け、身をかがめて接近する。

　だが、そこにいたのはＣＶ33だけではない。視界の悪い戦車を補うべく陸戦隊員が、ベルクマンのサブマシンガンを持って待ち構えていた。下士官は接近しても、手榴弾を投げつけられぬまま銃弾に斃れた。

　同じような光景が何度か繰り返された。たかが豆戦車一両だが、その豆戦車に海兵隊員は完全に針路を塞がれた。

　しかも彼らを止めるのはＣＶ33だけではなかった。哨戒艇の砲撃もあれば、戦闘機隊の機銃掃射もある。海兵隊員たちはそれらからも身を守らねばならなかった。

　そうしているうちに新たな展開があった。舟艇の運んだ物資の中にあった三七ミリ砲がようやく使用できるようになったのだ。

「これさえあれば、敵戦車など木っ端微塵にできる」

　海兵隊員たちの士気は上がった。すぐに人海戦術で三七ミリ砲はＣＶ33の前まで引き出される。

　しかし、砲撃は容易ではなかった。対戦車砲を認めた日本兵たちからの激しい銃撃が仕掛けられたためだ。

なかには擲弾《てきだん》を撃ってくるものもいて、砲兵の数名がそうした攻撃に斃れた。

海兵隊員たちも必死の思いで三七ミリ砲を操作する。そして砲撃した。至近距離からの三七ミリ砲はCV33を沈黙させた。

「突撃！」

海兵隊員たちはすぐさま坂を登り、砲台の入口へと急いだ。だが、彼らは炎上するCV33が前進してくるという信じがたい光景を目にする。

ガーランド銃が燃えながら前進するCV33に命中するが、豆戦車は止まらない。そして、それは坂道から転がり落ちていった。

海兵隊員の何名かがCV33に巻き込まれたが、最大の被害は虎の子の三七ミリ砲が豆戦車とともに海中に落下してしまったことだ。それらは道路の擁壁を乗り越えて落下した。

それでも海兵隊はCV33が排除された後、坂を駆け上がり砲台の入口に急ぐ。

ところが、彼らの前に再びCV33が立ちはだかった。道幅が狭いから二両の豆戦車は並べなかったが、奥にもう一両あったのだ。

三七ミリ砲を失い、新たにCV33が現れたことで、海兵隊員は総退却となった。これが最後の一両などと海兵隊員は知らない。砲台にはCV33がほかにもあると思うだけだ。

海兵隊員の一部は擁壁をロープで登ろうとしたが、それらはことごとく失敗した。

東島でも西島でも海兵隊員たちは、砲台の内部に進出することができなかった。

絡め手から攻め込もうとしても、上空には日本軍機が飛んでおり、攻撃を仕掛けてくる。彼らが強力な武器を使用しないのは、ただ単に砲台をこれ以上傷つけないためであった。

そうした彼らの前に哨戒艇や急遽、武装した雑船が現れた。

「無駄な抵抗はやめて降伏したまえ。降伏すれば国際法に基づき生命は保証する」

英語の降伏勧告が海兵隊員になされる。徹底抗戦を試みるなら、彼らが立てこもる飛行艇整備場に砲弾が叩き込まれることは明らかだった。

東島と西島、どちらの海兵隊が早かったということもなく、双方の海兵隊員たちは武装解除に応じた。

第四艦隊はこうした事態を念頭に大型貨物船を用意し、とりあえず捕虜たちをその中に武装解除の後に収容する。

負傷者は磐手市の病院に収容し、のちに日本に送られた。武装解除された海兵隊員も同様だった。

磐手市を海兵隊により攻略するという連合国のいわゆるウォッチタワー作戦（日本では珊瑚海海戦）は、空母一隻沈没、一隻中破、重巡洋艦四隻沈没、駆逐艦四隻の沈没、さらに海兵隊一個師団の消失という甚大な被害で終わった。

8

「これがその装置です」

日本から来た技研の技術者がその装置を井上司令長官の前で実演する。そこは磐手市郊外の高台、見張所のあるところだ。

「我々も基礎研究を行っている電波探信儀です。

残念ながら、技術的にアメリカは我々より二年は進んでいます」

技術者は旋回する餅網のようなアンテナをさしながら、ＰＰＩスコープを示す。

「座礁した貨物船の積み荷の中にありました。本体は水没を免れ、教範類は水没しましたが、船内にあったため回収は可能でした」

「それで、これがあれば遠隔地から飛来する敵機を捕捉できるのだな」

井上は原理はわからないものの、この装置の効用は理解した。とりあえず司令長官としては効用さえわかればいい。

「艦艇を識別するための電波探信儀もあるようですが、それは入手できていません。手に入ったのは航空機用の電波探信儀です。しかし、磐手市にはこちらのほうが重要でしょう」

米軍の座礁した貨物船からは色々な物資が回収された。水没した銃火器や戦車は日本に送られたが、電波探信儀は磐手基地にそのまま設置された。

稼働状態を磐手市で確認していたが、それがどういう装置かわかった時点で、井上司令長官が中央に働きかけてこの基地に設置したのだ。

海軍中央も電波探信儀の効用というものが具体的にわからないため、「戦利品を活用する」くらいの認識で許可が出た。

技研だけは難色を示していたが、彼らには決定を覆すことはできない。なのでこの装置の完璧な複製を作るための人間が送られてきた。

教範類も写真に撮影され、次々と日本に送られていく。

「電波探信儀はここに設置するとして、ほかに何が必要だ？」

井上の質問に対して技術者が言う。

「高角砲や機銃座が必要です。電波探信儀があるとわかれば、敵はまっ先にここを破壊しようとするでしょう」

第6章　新編第四艦隊

1

　磐手市が連合国軍の空母二隻を含む強力な部隊により襲撃された事実は、連合艦隊司令部や海軍中央にも驚きをもって迎えられた。連合国軍がこの時期に磐手市攻略を行うとは予想外であったためだ。

　さらに捕虜尋問の結果、磐手市攻略は米豪遮断作戦を阻止するだけでなく、ニューギニアを足がかりにフィリピン奪還や南方の資源地帯と日本との交通路遮断の意図もあるという報告は、大本営に衝撃をもたらした。

　地理的な環境から、そうした目的で攻撃されることは大本営も予想していたが、真珠湾の後でもあり、少なくとも二年はそうした攻勢に連合国軍は出ないと彼らは考えていたのだ。

　しかし、それは甘い考えであることが明らかになった。同時に連合国軍が、磐手市を拠点とした米豪遮断作戦を非常に恐れていることも今回の出来事で明らかになった。

　連合艦隊司令部は磐手基地の復興と戦力増強を進めるとともに、それまで脆弱であった水上艦艇部隊の強化に取り組むこととなった。

なるほど磐手市は第四艦隊の激闘の末に守り切ることができた。だが、そこには偶然寄港した第六戦隊の存在があった。あの四隻の重巡洋艦部隊が存在しなければ、磐手市はどうなっていたかわからない。

連合国軍の攻撃は再度、繰り返されるだろう。そうであるならば、二度の幸運を期待するのは間違っている。磐手港の艦艇部隊の増強を行うほかはない。

それに海軍には、日本で髀肉の嘆をかこっている有力軍艦がないわけではない。軍艦が貴重なのは当然であるが、それでも前線で活躍してこその軍艦ではないか。

かくして第四艦隊は再編された。旗艦は戦艦陸奥となった。柱島でじっとしているよりニューギニアで存分に働いたほうがいい。それに四〇センチ砲搭載艦が常駐することは、連合国軍もこれをしのぐだけの戦力（四〇センチ砲搭載軍艦二隻、もしくは空母部隊）を投入することを要求する。それが抑止力となるわけだ。

磐手基地は三本の滑走路を用意していたが、さらに二本が増設され、五本となることになった。

これに伴い第六航空戦隊として改造空母の飛鷹・隼鷹が配備されることになった。これは連合国軍に対して攻勢を示すことに重点がある。

航空機に対する戦艦の脆弱さが明らかになったが、空母が加えてあるなら、戦艦はその火力を遺憾なく発揮できるだろう。

攻めるにせよ、守るにせよ、戦艦と空母の組み合わせは連合国軍にとって、多大な負担を覚悟しなければならないわけだ。

これ以外に第六水雷戦隊も新編されたが、こちらは陸奥や空母に比べると若干見劣りがする。

水雷戦隊旗艦は重巡鳥海だが、これは水雷戦隊旗艦というよりほかに巡洋艦がないからというのが実態に近い。

駆逐艦は睦月型駆逐艦四隻の第三〇駆逐隊と峯風型駆逐艦四隻の第三四駆逐隊の二隊八隻である。ここは甲型駆逐艦がほしいところであったが、戦艦と空母が来た以上、井上もそれ以上の要求はできなかった。

なにしろラバウルの第八艦隊もまた、陽動とはいえ攻撃された事実があり、そちらにも水上艦艇の手配をしなければならない。そうしたことを考えると、井上としてもこのへんが妥協点だとは思う。

ただ今回の戦闘を考えると、駆逐艦の主砲は旧式の平射砲ではなく高角砲であるほうが現実的と考えられ、それらに換装された。これは軍令部などもかねてから考えていたことであった。

軍縮条約の制約もなくなり、駆逐艦も一〇〇〇トンクラスの中型から、今日では二〇〇〇トンクラスの大型のものになっている。そのため睦月型や峯風型駆逐艦は、今日の趨勢《すうせい》では戦場の現実に必ずしも合致していなかった。

とは言え総力戦の現代で、国力に劣る日本でこうした中型駆逐艦を遊兵化することが許される状況ではない。こうしたことから中型駆逐艦については、平射専用の主砲を高角砲に換装するという動きが進められていたのだ。

特に空母部隊が整備されるにつれ、それと行動をともにする駆逐隊の必要性も高まった。防空駆逐艦の設計もできてはいたが、大型で高級すぎるきらいもあり、数を揃えるために中型駆逐艦の防空駆逐艦化は多くのメリットがあったのだ。

だから第四艦隊に第三〇駆逐隊と第三四駆逐隊が編入されたのは、第六航空戦隊の飛鷹・隼鷹の編入と同じ文脈であった。

このことは、とりもなおさず第六水雷戦隊が、名前こそ水雷戦隊であるものの、実質は水雷戦も可能な護衛戦隊であることを意味していた。

したがって戦艦陸奥が出撃する場合には、陸奥を護衛する空母、空母を護衛する駆逐艦と巡洋艦という構造となり、つまり艦隊の主要艦艇はすべて出撃することになる。

これ以外には、第四艦隊司令部直卒の潜水艦部隊として呂号三七から四二までの六隻が特設母艦一隻とともに整備されることとなった。

潜水艦部隊に関しては、整備の重点はむしろ陸上の通信設備の強化に置かれた。

主たる目的が磐手市の防衛であるから、哨戒戦力として潜水艦は期待されていた。それだけに迅速確実な通信網が重要だった。

さらに彼らが司令部直卒なのは、潜水艦の情報を即時に飛行艇隊へ流すためだ。同じ直卒部隊なので情報が流れやすいわけである。

飛行艇隊に関しては、砲台の施設復旧が中心で、何か強化されたということは特にない。ただし、船団攻撃などの技量が評価され、そのための装備は充実された。

じつは、彼らが偶然に成功させた「反跳爆撃」は軍令部も強い関心を持っていた。軍艦の装甲貫通は水中爆発に期待するとして、船団の商船などは潜水艦より機動力や命中率が高いと期待されたのだ。

これには魚雷よりも爆弾のほうがずっと安いという側面もある。ともかく、敵船団への攻撃では飛行艇による反跳爆撃は非常に期待され、それ用の焼夷弾や照準器（計算尺に毛が生えた程度のもの）なども飛行艇に装備されるようになった。

こうした改編により第四艦隊の防衛は鉄壁と思われた。しかし、井上司令長官は別のことを考えていた。

「攻勢に出るとは、井上さんにしては珍しい」

山本連合艦隊司令長官は、トラック島に彼を訪ねてきた井上第四艦隊司令長官を旗艦である戦艦大和の応接室で迎えた。

井上直々とは珍しいと山本は思ったが、それは自分で作戦案を説明するためだった。

井上の作戦案は、米豪遮断作戦の文脈の中のものであったが、やはり独特のものでもある。

それは、北オーストラリアのタウンズビルを潜水艦部隊により封鎖し、孤立化するというものであった。これには潜水艦と飛行艇部隊を用いるという。

「磐手市に電波灯台を設置し、ラバウルにも電波灯台を設置すれば、夜間の潜水艦部隊や航空隊の活動は容易になります。磐手市もラバウルも位置は既知でありますから、電波を出したところで何かが危険になることもない」

井上の説明では、電波灯台の活用により潜水艦が発見した敵部隊を飛行艇が攻撃する。あるいはその逆、さらには潜水艦、飛行艇の同時攻撃も可能だという。

「しかし、井上さん。電波灯台を整備したとして、敵もそれを利用するのでは？　あるいは偽の灯台を用意するかもしれん」

「それへの対策はあります。電波灯台を動作させるのを決められた時間に限定し、その時間も日ごとに変える。送信時刻がわかっているなら、送信時間は秒単位にできるとのことです。

電波も単調な連続波ではなく、日ごとに符号を変化させることで、本物と偽物を識別できます」

「そんな技術が本邦にあるのか」

「電波探信儀技術の応用と聞いております」

山本は感心した。自分の年齢になると、つい新技術の動向には疎《うと》くなる。しかし、目の前の朋友に関して言えば、そんなことはないらしい。

「それで井上さん、なぜタウンズビルなのだ？」

「捕虜尋問の結果、どうも敵軍は北オーストラリア方面の兵站《へいたん》基地をタウンズビルに構築しつつある。そこでここを海上封鎖すれば、敵はこちらへの攻勢をかけられない。さらに我々の部隊を撃破するため、敵は相応の戦力を出さねばならないでしょう」

「そうして敵をおびき寄せて撃破すると。なるほど」

山本には井上の構想がよくわかった。戦艦陸奥や空母まで配備しながら、作戦は潜水艦と飛行艇で行うというのは消極的すぎるように見えなくもない。

しかし、違うのだ。井上長官はもっと高い次元で作戦を俯瞰している。国力で劣る日本が連合国軍と対峙するためには、より合理的な戦術が求められる。

極論すれば、戦艦と刺し違えるなら潜水艦など安いもの。それくらいの、ある意味では非情な計算ができなければならない。

これは井上がことさら非情ということではない。艦隊司令長官は、個人ではないということだ。司令長官には司令長官として追求すべき職務がある。

そもそも一機をもって一艦を葬るがごとき戦い方が非情というなら、その前提として戦争そのものが非情である。戦争という大状況の中で、友軍の犠牲をより少なく、なおかつ短期間に戦争を終わらせる。そのための非情さは、大局的には決して非情ではないのだ。

それに潜水艦と飛行艇で戦線が維持できるなら、人員の養成や飛行機や艦艇の建造時間を稼げるだろう。戦艦陸奥を切り札とするためにこそ、潜水艦を縦横無尽に活躍させねばならぬのだ。

「そこで山本さんにお願いがある」

「潜水艦ですか？」

井上はうなずく。

「呂号潜水艦六隻では、敵をおびき寄せるほどの戦果をあげるのは容易ではない。磐手市とタウンズビルまでの距離はおよそ一四〇〇キロ。その移動のために戦力化できない潜水艦が生じるのは避けられない」

「呂号でよければ八隻、都合しよう」

「ありがたい」

井上は伊号潜水艦を要求しなかった。山本への遠慮か、呂号で十分という意味か。そこまではわからない。

「あとひとつ、お願いしたい」

「なんだね」

「北上を潜水母艦としていただきたい」

「北上を……」

軽巡洋艦北上の名前が出たのは、山本には意外だった。軽巡洋艦大井と北上は艦隊決戦を意図して重雷装艦に改造されていた。だが北上は演習中に事故を起こし、危うく轟沈《ごうちん》しかける。

重雷装艦が一つ間違えるなら魚雷の誘爆で轟沈しかねないという事実は、軍令部にも衝撃をもたらした。

大井は重雷装艦のまま置かれたが、北上に関しては魚雷発射管の撤去と改造がなされた。そして、修理に関しては一二・七センチ連装高角砲三基と水上機一機の搭載（カタパルトではなく斜台から海面に投入・回収する）がなされた。この傾斜台は大発の搭載も可能である。

こうした意図がはっきりしない改造がなされたのは、真珠湾以降、重雷装艦が活躍する局面があるとは思えないためだ。

そこで、旧式駆逐艦と同様の趣旨で防空巡洋艦的な改造を行い、水上機も載せてみた。さらに、輸送任務にも使えるように大発も搭載可能にした（だからカタパルトは搭載されない）。

結果的に改造された北上は、戦力化を急がれたことと工廠《こうしょう》を塞いでいられないためにこうした形で工事は終了されたが、非常に中途半端な存在としてできあがった。

中途半端でよいと思っている人間はどこにもいないとはいえ、軍令部も新しい北上の運用法がわからないというのが真相に近い。

元に戻すという選択肢もなくはないが、新造艦の工事を遅らせて、大規模な工事でできあがったのが、すでに旧式の五五〇〇トン級軽巡では割に合わない。

井上は、そんな北上を潜水母艦としてほしいと言う。中途半端も、見方によれば汎用性が高いと解釈できる。ニューギニアのような戦域では、この汎用性の高さこそありがたい。

「有効に活用できるなら、願ったり叶ったりです」

山本は井上にそう言った。

2

「前方に黒点！　友軍機！」

見張員の報告で、艦内の緊張は安堵に変わる。

軽巡洋艦北上の主砲は仰角を最大に上げた。

北上の田沼艦長は艦を操作し、船体が波消しになるような姿勢に艦を置く。偵察に赴いた零式水上偵察機が着水しやすいようにだ。

操縦員はその意図を察すると、危なげない姿勢で着水を完了する。そうして艦尾からのロープの受け渡しがあり、北上の傾斜台から甲板に引き上げられた。

水上偵察機の引き上げ作業には、支援として大発二隻も海面に出ているが、これは場所をあける意味もある。

水上偵察機は艦の中央部、大発二隻は艦尾部に置かれるためだ。水偵の整備や収納のことを考えるとこうならざるを得ず、だとすれば水偵の離発着では大発は海面に降りねばならない。

水偵の運用として合理的とは言えないかもしれないが、そもそも北上には水偵など搭載できなかったのだから、それを考えるなら大きな進歩だろう。ゼロよりはましだ。

「周辺に敵影はなしか」

田沼艦長は水偵の収容作業を艦橋脇のウイングから見ながら思う。水偵には無線機が搭載されているから、敵艦などが発見されたらすぐにわかる。

水偵一機でできることにはやはり限界はあった。それでも偵察機の存在により、潜水母艦としての北上の価値は著しく上がっているだろう。

田沼艦長は、じつは砲術の専門家ではなく水雷屋であった。それも駆逐艦ではなく、潜水艦一筋の人間だった。少し前までは、さる伊号潜水艦の潜水艦長だった人物だ。

それが潜水母艦北上の艦長なのは中佐から大佐に昇進したためだが、いくつかの機構改革の結果でもあった。

まず潜水艦部隊は複数の潜水艦で潜水隊、その潜水隊がいくつか集まって潜水戦隊となる。

潜水隊の指揮官は潜水隊長で大佐、潜水戦隊の指揮官は少将である。このあたりは水雷戦隊の構造と同じだ。海軍省などから見れば、人事管理がやりやすい。

だが潜水艦部隊から見れば、潜水隊という存在は価値が疑わしい部隊である。

そもそも駆逐艦と違って潜水艦は単独行動が中心だ。だから潜水隊という枠組みには意味がない。潜水艦に潜水隊長が乗っていても、実質的に自分が乗っている潜水艦以外の指揮は、実戦ではほぼ不可能だ。

そこで、一部では潜水隊不要論が起きていた。潜水艦より上は潜水母艦の少将が執るというわけである。

平時なら海軍省もこうした動きには抵抗するのであるが、この件に関しては海軍省も好意的であった。というのも戦域が拡大し、部隊も増設しなければならない状況で、大佐クラスが払底している。

だから潜水戦隊を廃止して、浮いた大佐を潜水母艦の指揮官にまわせば、それだけ余裕ができるという計算である。

さすがに一朝一夕でこうした制度を実行するのは、現場に混乱をもたらすと判断され、制度の改定は部分的に行われることとなった。それが田沼大佐らの部隊である。

司令部直卒部隊のいいところは、潜水母艦の艦長が大佐で、なおかつ司令官職務執行として、潜水戦隊の指揮にあずかる体制であることだ。何気ないことのようだが、これで少将の椅子が一つ減る。やはり足りない将官を、これでやりくりできるわけだ。

彼らは第四艦隊司令部直卒の第四一〇潜水戦隊であった。戦力は従来の呂三七から四二までの六隻に、呂号五三、五四、五七、五八、六二、六三の六隻が編入された計一二隻の潜水艦に加え、潜水母艦北上、さらに支援の輸送船若干で構成されている。

この四一〇という番号は、頭の数字は所属する艦隊を意味し、プラス一〇以降が戦隊の番号だ。だから将来的に潜水戦隊が増えたとしたら、四一一とか四一二潜水戦隊となる。

そのため第八艦隊の潜水艦部隊も、いまは第八一〇潜水戦隊となっていた。ただし、第八艦隊の潜水艦は伊号と呂号が混在しており、八一〇が伊号、八一一が呂号の部隊である。

「本艦に例の電波探信儀が装備されるのは、いつでしょうか」

水上機の収容作業を見ていた田沼に、航海科の下士官が尋ねた。

「夏までには装備されると聞いているが、気になるか」

「はい。電探さえあれば、水上機を苦労して飛ばす必要はないんじゃないですか」

田沼は笑った。それはかつて自分が疑問に思ったことだからだ。

「当然の疑問だが、水偵は必要だ。電探でわかるのは、何者かがそこにいるということだけだ。敵味方もわからねば、戦艦なのか貨物船なのかもわからん。正体を確認するのに水偵はいるんだ」

「正体の確認ですか」

下士官はそれで納得したらしい。そして、田沼の話を証明するような出来事が起こる。

「水偵が単独行動の貨物船を発見しました」

それは夜間のことであった。

航行は基本的には天測だが、月が出ていない雲量の多い夜は、磐手とラバウルの電波灯台がその真価を発揮する。

電波の送信時間は一〇秒ほどだが、本物の電波で方位の交差する場所が現在位置だ。

天測に比べれば精度は劣るが、これほどの闇夜では真価を発揮できる。水偵にも同様の装置が装備されており、深夜の飛行でも迷うことはない。

電波灯台は、おおむね三〇分から六〇分の任意の時間間隔で送信され、何時に送信されるかは日ごとに違う。これは毎日、無線通信で通知される。

だからもし敵が電波灯台を利用したり、なりすまそうとした場合には、暗号が解読されたと解釈することになる。

闇夜だが、敵船舶の位置は電波灯台で特定された。ありがたいのは信号に変調をかける都合から、水偵が電波灯台の位置情報を察知すると、秒単位で自動的に北上に送り返してくることだった。

だから水偵からの打ち間違いもチェックできる。敵を追跡しながら、電波灯台が使える時間になったら、何も報告せずとも位置はわかる。

あるいは、位置情報を確認して次の信号が来るまでに一時間近く間があく場合もあるが、そういう時にはジャイロの示す方位と偏流と時間を計測し、割り出した位置情報を手で打電することになる。

「呂六二潜が一番近いな」

田沼大佐は海図を見て判断する。海図には四一

○潜水戦隊の潜水艦の位置がピンで刺されていた。二隻が磐手に戻り、二隻が磐手から交代で位置につき、攻撃可能なのは八隻。

そのなかで、発見した独航船は呂六二潜の哨戒区域に向かっている。田沼はすぐに該当する八隻に対して独航船の情報を流し、特に呂六二潜に注意を喚起した。

ここから先、潜水母艦もすることはない。戦果報告を待つだけだ。

数時間後、通信長から問題の独航船と思われる緊急電を傍受したとの報告があり、さらにしばらくして呂六二潜より戦果報告が届く。

「通信長、呂六二潜におめでとうと伝えてくれ。確か、これがあの艦の初戦果のはずだ」

そう通信長に伝えながら、田沼大佐は気がついた。それは北上も同じであると。

3

「タウンズビルに向けての貨物船の被害が増えています」

作戦会議でレイトン情報参謀は、ニミッツ太平洋艦隊司令長官にそう告げた。

「日本海軍の潜水艦部隊の活動が活発化しています。タウンズビルには鉄道も通っておりますが、彼の地の鉄道事情は決して良好とは言えません。鉄道で大陸を移動するのも容易ではない。

ブリスベーンやシドニーから物資を輸送できるのは確かですが、船舶輸送と比較すれば十分な量とは言えません」

ニミッツは渋い表情でその話を聞いていた。磐手市が今後の作戦の最大の障害となることは、作戦前からわかっていた。

わかってはいたがシドニー条約もあり、滅多な真似はできなかった。フィリピンから電撃奇襲して占領という作戦案もあったが、それもフィリピンを日本軍に占領されてからは不可能になった。

困ったことに、先の磐手攻略作戦の壊滅的な失敗により、錬成した水陸両用部隊である海兵隊一個師団を失ってしまい、真正面からの上陸作戦は困難になった。

もちろん、陸海軍共同作戦でマッカーサーの陸軍部隊が磐手市に上陸、占領するというシナリオも考えられなくはない。だが、米太平洋艦隊司令部としては、そうした形で太平洋戦域におけるマッカーサーの発言力を拡大したくはなかった。

マッカーサー司令部のことだから、磐手で貸しを作れば、その代償はこの先どれだけ大きくなるかわかったものじゃない。

そうなると、当面は磐手市を完膚なきまでに破壊し、その周辺海域を封鎖。そうしたなかで錬成途上の海兵隊員で占領するというシナリオしかない。

海兵隊で上陸は、相手が十分に弱っているなら実現は可能だろう。問題は、完膚なきまでに破壊するという部分だ。

「磐手市に対して大規模な空爆を仕掛けては？」

若い参謀の意見をレイトン参謀はたしなめる。

「ケアンズやクックタウンの航空基地を支える兵站の要《かなめ》がタウンズビルなのだよ。あそこが北オーストラリアの戦線を背後から支えるのだ。そのための物資がいま止められようとしているのだ」

「情報参謀としては、何か腹案はあるのか」

ニミッツは尋ねてみたものの、妙案があるとも思えない。

「現在知り得た情報では……」

「情報参謀、それはあの役に立たないスパイどもの情報か」

ニミッツの表情は曇る。すべてがあのスパイたちの責任とは言わないが、第六戦隊について的確な情報がなかったことが、海兵隊の犠牲につながったのは間違いない。

飛行場の情報にしても的確であったなら、空母レキシントンは失われずにすんだだろう。

「あのスパイたちです。まぁ、前回はなんの役にも立ちませなんだが、それは使い方を誤った我々の落ち度でもある。今回は信用できる情報です」

「そうなのか」

「えぇ、あのスパイたちは日本軍により検挙されてしまったはずです」

「検挙されただと！」

会議室はざわついたが、レイトンだけは落ち着いている。

「簡単に言えば複数のチームに分けて、それぞれに同じ命令を下した。そして、それぞれから戻ってきた情報の最大公約数が事実なわけです。

ただ技量の低いチームもある。それらが一つ検挙されれば、現地のスパイは一網打尽です」

ニミッツは、レイトンが何を言ってるかわからない。スパイ組織の壊滅が嬉しいのか。

「いいのかね、情報参謀」

「長官、スパイでもっとも役に立たないのは、情報にむらがあるスパイです。重要情報でも、信頼できるかもしれないし、できないかもしれない情報なら、そんな情報は不要です。このスパイたちがそれです。

遅かれ早かれ、彼らはパージされるべき存在だった。なのでこの機会にパージした。それだけです。

それにいいこともあります。スパイが活動し、こちらに送ってきた情報を日本も知った。それにより彼らは作戦を行う上で、戦力量を知られているという前提で動かねばならなくなった。このことは無視できない成果です」

「それで何がわかったのだ?」

「磐手港には戦艦一隻、空母二隻、重巡一隻、軽巡一隻、駆逐艦八隻、潜水艦数隻の戦力が配備されている。潜水艦の数はまぁ、正確には把握できませんが、一〇隻前後と考えられる」

「かなりの艦隊戦力の拡充ではないか」

再び会議室がざわつく。

「そうなります。しかし、第四艦隊には一つ欠点がある」

「欠点だと?」

「戦艦が主で空母が従、あるいはその逆としても、どちらかが動けばもう片方も護衛戦力として動かねばならない。戦艦、空母が動くなら、駆逐艦部隊も動く。

つまり敵艦隊主力が動く時は、第四艦隊の総戦力が動くと考えて間違いない。その時、磐手市を守る水上艦艇はないに等しい。

　そうであるならば、磐手市攻略の前提として敵艦隊をおびき出す必要がある。言い換えれば、敵艦隊をおびき出せるなら、磐手市は無防備にできます」

「水上艦艇はそうかもしれないが、磐手市には航空基地がある。それはどうするのだ？」

「航空機には航空機です。北オーストラリアや空母部隊を集中して投入し、磐手市の制空権を掌握すれば、ボートに乗っても磐手市には上陸可能。

　海兵隊が敵の陣地を一つひとつ攻略するような戦闘が、海兵隊の損失で無理であるなら、機械力で片をつけるしかありません」

「機械力か……」

　ニミッツは磐手市の砲台についても指摘しようとしたが、それくらいレイトンも理解しているはずで、あえて指摘するまでもないだろう。海兵隊激戦の場所なのだ。

「それで、具体的に何をするのが最善と情報参謀は考えるのだ？」

　それを尋ねたのはスミス参謀長だった。彼にとっては、レイトンは自分の立場を脅かす危険な存在と見えるのかもしれない。

「ラバウル方面に、つまり第八艦隊に対して圧力をかけるなら、第四艦隊も動かざるを得ない。両者は隣接した戦域にある。となりのことは知らないとは言えないでしょう」

「ラバウルを攻撃するというのか」

　スミスがさらに尋ねる。

「ラバウルを直接攻略できる戦力があるなら、それを磐手市に向ければすむ話ですが、議論の前提として、そんな戦力は我々にはない。

となれば、ラバウルは直接のターゲットにはならない。磐手市を攻略し終えたなら、そこを拠点にラバウルは攻撃可能でしょうが」

「ならどこを？」

「ツラギの近くにガダルカナル島という島がある。エスピリトゥサント島にも比較的近い。そこを拠点化すれば、第八艦隊も座視できますまい。当然、出動する。しかし、戦力が枯渇するとなれば……」

「第四艦隊も戦力を出さざるを得ないわけか」

こうして米太平洋艦隊の方針は定まった。

4

第四艦隊の改編による影響は第八艦隊も受けていた。さすがに戦艦は配備されなかったものの、旗艦として重巡洋艦妙高、その僚艦で重巡洋艦羽黒が配備された。

また、空母として瑞鳳が配備された。小型の改造空母ではあるが、艦隊に自前の戦力として空母が配備されることの意味は小さくない。

そうして重巡洋艦妙高の三好大佐は、すぐに三川司令長官より命令を受けた。貨物船と駆逐艦を伴い、ソロモン諸島のツラギに向かうのだ。

貨物船には完全武装の陸戦隊員が乗っている。それらをツラギまで運び、そこを占領するのだ。

ツラギ占領は米豪遮断作戦の一環である。ツラギにはオーストラリア軍の水上機基地があるのだが、それによる偵察活動で自分たちの活動に掣《せい》肘《ちゅう》を受けるのは望ましくない。

逆に日本軍がここに偵察拠点を置けば、連合軍の活動を掣肘することができる。

磐手市攻防戦は、じつはラバウルにも影響を与えていた。つまり、米豪遮断作戦で第四艦隊にばかり注目が集まり、第八艦隊の影が薄いという印象を三川司令長官は抱いていた。

じっさい戦艦陸奥が配備されたのは、磐手市であって自分たちではない。

そこで三川司令長官としては、米豪遮断作戦の中核は自分たちであることを世間にアピールする必要に迫られた。その文脈から実行されたのが、今回のツラギ襲撃だ。

三川司令長官も思いつきでこの作戦を立案したわけではない。ツラギ攻略そのものは、第八艦隊で何度となく研究されていた。

しかし、妙高が来るまで旗艦が練習巡洋艦の香《か》椎《しい》だったように、作戦を具体化するために必要な有力な水上艦隊がなかった。香椎は別の戦域に移動し、妙高と羽黒がやってきた。これで作戦実行の可能性は一気に高まったのだ。

三好大佐が陸戦隊以外の艦艇部隊の指揮を執ることになっていたが、彼は入念に計算して航路を選んでいた。相手は偵察機の基地であるから、下手な時間に下手な接近をすれば発見される。なので深夜に現場に到着するタイミングを調整していた。

それは成功したようで、重巡妙高と上陸部隊は誰にも発見されないまま、ツラギに進出できた。

「砲撃準備！」

三好艦長は命じた。まず駆逐艦とともに砲撃を仕掛け、ツラギに大打撃を与えてから上陸する。

ツラギは小さな基地なので、攻撃をかけたら施設の再利用はほぼ期待できない。ただ、その準備はできていた。

そして時間となり、三好艦長は砲撃を命じた。

駆逐艦と重巡の砲弾は弾道特性が異なるため、攻撃されるツラギ基地にしてみれば、あらゆる角度から砲弾が降ってくるように見えた。

砲弾はツラギ基地を包み込むように弾着し、深夜でもそこは赤く燃え上がった。

砲撃が完了すると、大発に移乗した陸戦隊員たちがツラギに向かって上陸を開始する。上陸部隊は抵抗らしい抵抗もないまま上陸を完了した。

基地は炎上していたが、陸戦隊は特に消火活動にはかからない。消火設備までは持参していないし、いっそ燃え尽きてしまったほうが、あとは楽だ。

ツラギ基地は翌日の午前中まで炎上を続け、陸戦隊員らは更地となったツラギ基地に、自分たちの施設建設を開始した。

「火炎消毒みたいなもんだよ」

そううそぶく陸戦隊員さえいた。

そして、夕方には最初の飛行艇が到着し、貨物船から燃料補給や整備を行うと、翌朝には飛行艇は最初の哨戒飛行に飛び立った。

5

「日本軍がツラギに進出しただと！」

ニミッツ司令長官は、夜明け前にレイトン情報参謀に叩き起こされた。情報参謀だけは二四時間いつでも報告に来ていいと言ってあるためだが、こんな時間とは。

もっとも、ニミッツもそれに文句を言うつもりはない。深夜のこんな時間に報告に来るというのは、彼とそのスタッフも、こんな時間まで活動しているということだからだ。

「オーストラリア軍は攻撃を受けると、船ですぐに脱出したそうです。人的被害は軽微です」

「でも、奪われたのか」

ニミッツは制服に着替え、改めてソロモン海の地図を見る。ツラギは進出予定のガダルカナル島の目と鼻の先だ。

「これは、日本軍もまたガダルカナル島を基地化しようとしている。そういうことなのか？」

それに対してレイトンは首を振る。

「現時点で、日本軍がガダルカナル島に進出しているという兆候はありません。ただ、ツラギ基地が彼らにとって厄介な存在なのは間違いありません。だから攻撃した」

「緊急の危険性はないわけか」

「とは限りません、長官」

レイトンは言う。

「日本軍はソロモン方面への進出を計画している。そうでなければ、ツラギを攻撃する必要はありません。そして、いまツラギを攻撃するとしたら、進出は時間の問題でしょう。

ただガダルカナルは遠すぎる。常識的にはラバウルから三〇〇から四〇〇キロ離れたどこかに基地を建設し、そうやって順次南下するのが常道です。それでいくと、ガダルカナル島へ進出するまでに、あと一つか二つの基地建設がなされるはずです」

ニミッツはその話にようやく頭が動き出した気がした。そして、事の重要性がわかってきた。

「その二つ目の基地が完成した場合、ガダルカナル島に進出して、磐手基地の敵艦隊を誘い出すという計画は修正を迫られるな。

ガダルカナル島の基地建設が、日本軍のその第二の基地により攻撃される可能性がある。ラバウルから遠距離なので、磐手基地から増援というシナリオが成立しなくなるではないか」

「かもしれませんが、それはやりようでしょう。第二基地建設を妨害し、それにより事態を泥沼化させ、敵を誘導するという方法も考えられます」

「消耗戦の戦場を移動するわけか」

ニミッツは考える。自分たちはどうすべきなのか？

「消耗戦の主戦場をどこに置くにせよ、ガダルカナル島の基地化は進めねばならん。だとすれば、障害となるのはツラギだな」

ツラギに偵察基地を建設されれば、ガダルカナル島の基地化は大きく掣肘されるだろう。それは阻止せねばならない。

「ツラギ基地を奪還するかどうかはともかく、徹底して破壊する必要はある」

「しかし、艦艇部隊の手配には相応の時間が必要かと」

「エスピリトゥサント島には陸軍航空隊が進出している。そこのＢ17爆撃隊に依頼して、猛爆をかけるのだ。小さな基地だ。それで機能は失われよう。爆撃を繰り返すか、海兵隊を上陸させるかは、その後の状況次第だ。

わかった、ありがとう。そっちの手配は私がする。相手は陸軍だからな」

6

ツラギの陸戦隊は五〇名ほどで、それに飛行艇基地の人員がほぼ同数だった。


ツラギにはトラクターが一台持ち込まれ、それは飛行艇の引き上げだけでなく、連合国軍基地の焼け跡を更地にする任務も負っていた。

基地建設は比較的短時間で終わった。基本的な土地の造成は連合国軍が終わらせているから、更地はすぐ使えた。

それに将来はともかく、いましばらくは飛行艇の維持管理は貨物船を特設水上機母艦として用いることになっていた。そのため貨物船内には、整備員らの宿舎となる船室と、かなり整った工作室が置かれていた。

工作室は二ヶ所あり、一つは船尾甲板に設けられた作業小屋で、エンジンの試験などはここで行われる。もう一つは船内にあり、旋盤やフライス盤が用意され、部品の修理や無線機などの調整が行われた。

　この船のおかげで、三機の飛行艇を運用することができた。一機は最新鋭の二式飛行艇、残りの二機は九七式飛行艇である。

　陸戦隊は貨物船ではなく陸上で生活している。建物は日輪宿舎である。これは円形のプレハブ住宅で、関東大震災をきっかけに、短時間で建設できる居住設備の追求から生まれた。

　なによりも経験のない大人でも建設できるというメリットがあり、じっさいすべての作業は設営隊ではなく陸戦隊員だけで行われた。

　将来は設営隊がもっとましな施設を建設することになっているが、当面はこの日輪宿舎だ。

「さて、今日も出動だ」

　二式飛行艇の機長は、この機体が気に入っていた。彼は九七式飛行艇をずっと操縦してきたし、それに不満があるわけではなかったが、この新型機の性能には毎度驚かされていた。

　今回も夜明けとともに出撃する。ツラギより南下し、当該海域の状況を哨戒するのだ。

　じつをいえば、この領域で敵の動きは、ほぼない。貨物船を発見することもあり、それを報告するのだが、第八艦隊でどう処理されているのかはわからない。

　タウンズビル周辺では第四艦隊の潜水艦部隊が戦果をあげているという話も耳にするのだが、第八艦隊の潜水艦部隊については、はっきり言って鳴かず飛ばずである。

　もしかすると、自分たちが報告した情報などは艦隊司令部に的確に伝わっていないのではないかという疑いを機長は抱いていたが、確認する術《すべ》はない。

二式飛行艇の飛行時間が数時間となり、昼食は機内で取る。主計兵が弁当を用意してくれるが、いまは船が宿舎なのでなかなか充実している。

冷蔵庫も使えるので生鮮野菜の食事も作られる。ただ航空糧食は色々と規定があるので、今回はコンビーフのサンドイッチだった。

食事を終えて帰路につき、ツラギに戻る途中で機長はそれを見つけた。

「んっ？」

空で何かが光った。風防ガラスに太陽が反射したようなものだ。最初は友軍機かと思ったが、今日のスケジュールではそれは考えにくい。そもそも、その光はツラギに接近している。

二式飛行艇は大急ぎでその飛行機へと接近し、やがてそれが米軍のＢ17爆撃機であることがわかった。

「敵重爆編隊、ツラギに接近中。数は二〇機以上！」

二式飛行艇はツラギに向けて報告する。しかし、報告しながらも彼は絶望的な気持ちになっていた。いまツラギを襲撃されても何もできないからだ。

重巡妙高は駆逐艦とともに帰還した。残っているのは貨物船だけだが、これは武装していない。

ツラギの基地にしても高角砲もなければ対空機銃もない。そこまでの工事はできていないのだ。

そして、Ｂ17爆撃機隊は二式飛行艇の存在を知っていながら攻撃する素振りも見せない。

ついにＢ17爆撃機隊は飛行艇を置き去りにして

前に進む。それからほどなくツラギ方面に黒煙がのぼった。爆撃が始まったのだ。

いまさらツラギに燃えるものなどあるのか?

そう思うほど激しくツラギは炎上していた。

そしてそれが、彼らが水上機母艦として活用している貨物船であることがすぐにわかった。さらに陸上の日輪兵舎も跡形もなく、海岸には破壊された飛行艇の残骸二機が見える。それもまた燃えている。

「機長、どうします!」

「まず報告だ。救援要請だ!」

そして機長は着水準備に入る。

このままラバウルに飛んでいくだけの燃料はない。着水すれば燃料の手配はつくかもしれない。それなら負傷者を輸送することも、医者を連れてくることもできる。

だが、そうはいかなかった。貨物船はすでに沈んでいた。燃料は貨物船の中だが、それらが燃えているのは、加熱で爆発したらしいドラム缶がいくつも浜辺に転がっていることでわかった。

一〇〇名近い基地の職員は半数以上が死傷した。この攻撃によりツラギ基地は放棄されることとなった。

そして第八艦隊司令部は、ツラギ基地に連合国軍が上陸していないことを確認すると、それ以上はツラギに対する関心を失った。

7

「どうもこの動きは不自然な気がいたします」

第四艦隊の田村参謀長は、第八艦隊からのツラギ基地に関する報告書を前にそう述べた。

日本海軍は戦闘詳報などを提出させていたが、ほかの艦隊の戦闘経験を共有し、組織の経験とするという点では弱かった。軍令部がまとめてなにがしかの教範に落とし込むこともないではない。

だが、海軍組織の共有知に戦闘詳報がなることは稀だった。海軍に限らず陸軍においても、同じ師団でも連隊が違えば、戦術経験が共有されないことも珍しくない。

だから、田村が第八艦隊からツラギの情報を取り寄せるというのは稀なことだった。さすがに第八艦隊も拒否はしなかったが、ある部分で警戒はされた。第四艦隊が自分らの作戦に介入するのではないかと疑われたのである。

じっさい第四艦隊管轄と第八艦隊管轄は隣接しているというより、重なっているというのが実情に近い。特に北オーストラリアに関しては、そうであった。

「ツラギの何が不自然だね」

井上に対して田村は言う。

「ツラギはオーストラリアの基地ですが、第八艦隊が動き出すまで、鳴かず飛ばずの基地でした。それが第八艦隊が占領するやいなや、B17爆撃機隊が猛爆を加えて部隊は壊滅し、兵力は引き上げる結果となった。彼らによれば、ツラギはいまも無人のようです」

「それで？」

「一番大きいのは、敵の行動に一貫性が見られない点です。連合国はいままでツラギの価値に気がついていなかった。しかし、日本軍に占領されてその価値に気がついた。だから奪還したというなら、話はわかります。

　ところが、じじつは違う。彼らはツラギの守備隊を飛行艇ごと爆撃して葬り去った。しかし、再度基地建設はしていない」

「我々に取られては不都合だが、自分たちが維持するには及ばない、そういうことではないのか？」

「長官のようなことを、自分も最初は考えました。ですが、ここで引っかかるのは敵がＢ17爆撃機による攻撃を仕掛けてきたことです。

　空母や巡洋艦ではない。やってきたのは陸軍航空隊の重爆です。海軍から陸軍に依頼したのでしょうが、それはツラギが非常に重要な存在であるからでは？」

　田村参謀長の話は、井上司令長官にも考えさせられる指摘を多く含んでいた。

「米海軍にとって、日本軍がツラギに基地を構えることは早急に排除したい問題だった。だから日本軍をＢ17爆撃機により排除した。だが日本軍さえいなくなれば、当面の問題はないということか」

　井上にもそれはわかったが、それでも参謀長の言う違和感は残る。

「確かに妙だな。連合国はどうしてツラギの基地を不要と判断したのか？　飛行艇基地の展開など第八艦隊でも容易にできたのだ。水上機母艦の類なら、米海軍にもあるだろう。なぜそれを使わぬ？」

「考えられる可能性は一つです。もはやツラギに飛行艇基地を維持することにあまり意味がないから。つまり、米海軍は大規模な航空基地を建設する意図がある。大規模な航空基地があれば、飛行艇基地を再建する必要はない」

「どこだ、それは？」

「ツラギに日本軍の偵察基地を作られては、その基地建設が気取られてしまう。彼らはそれを恐れた。ならば、適地は一つしかありません。

ガダルカナル島、それが敵の真の狙いです」

（次巻に続く）

RYU NOVELS

鉄血戦線

ウォッチタワー作戦開始！

2020年7月3日　初版発行

著　者　林《はやし》　譲治《じょうじ》

発行人　佐藤有美

編集人　酒井千幸

発行所　株式会社　経済界

〒107-0052

東京都港区赤坂 1-9-13　三会堂ビル

出版局　出版編集部☎03(6441)3743

出版営業部☎03(6441)3744

ISBN978-4-7667-3285-6

振替　00130-8-160266

印刷・製本／日経印刷株式会社

Printed in Japan